CW00473530

AM MISEANARAIDH

Rugadh Iain Mac a' Ghobhainn an Glaschu air Latha na Bliadhn'
Ùire ann an 1928, ach chaidh an teaghlach a Phabail, anns an
Rubha an Leòdhas, nuair a bha e na phàiste. Chaochail athair
nuair a bha Iain glè òg, ach fhuair a mhàthair aois, is bha dithis
bhràithrean is leth-phiuthar aige.

Fhuair Iain fhoghlam ann an Sgoil Phabail, an Sgoil MhicNeacail is
an Oilthigh Obar-Dheathain. An dèidh dà bhliadhna a thoirt anns
an Arm, chaidh e a theagasg Beurla, an toiseach ann am Bruaich
Chluaidh, far an robh e trì bliadhna, agus an uair sin ann an
Àrd-Sgoil an Òbain, far an robh e fad chòig bliadhna fichead. Ach
ann an 1977 dh'fhàg e an teagasg agus thòisich e air a bheòshlaint
gu lèir a chosnadh mar sgrìobhadair. Phòs e Donalda mun àm seo,
agus bha iad còrr is fichead bliadhna a' fuireach còmhla ann an
Taigh an Uillt. Chaochail Iain anns an Dàmhair ann an 1998.

A bharrachd air na sgrìobh Iain Mac a' Ghobhainn sa Bheurla, thug
e a-mach còrr is fichead leabhar Gàidhlig. Sgeulachdan is bàrdachd
do chloinn is do dh'òigridh: *Iain am measg nan Reultan, Rabhdan
is Rudan, Na h-Ainmhidhean, Am Bruadaraiche, A' Bheinn Òir,
An Dannsa Mu Dheireadh* is grunn eile; dà dhealbh-chluiche, *A'
Chùirt* is *An Coileach*; ceithir leabhraichean bàrdachd: *Bìobuill is
Sanasan-Reice, Eadar Fealla-Dhà is Glaschu, Na h-Eilthirich* agus
An t-Eilean agus an Cànan; dà nobhail, *An t-Aonaran* agus *Na
Speuclairean Dubha*; agus còig cruinneachaidhean de sgeulachdan
goirid: *Bùrn is Aran, An Dubh is an Gorm, Maighstirean is
Ministearan, An t-Adhar Ameireaganach* agus *Na Guthan* – fad
còrr is deich bliadhna fichead bha na leabhraichean a' taomadh
a-mach. Tha e na thoileachadh gu bheil guth an sgrìobhadair
iongantaich seo ri chluinntinn fhathast anns an leabhar seo, ged
nach fhaca e fhèin e.

Am Miseanaraidh

Iain Mac a' Ghobhainn

CLÀR

CLÀR

Foillsichte le CLÀR, Station House, Deimhidh,
Inbhir Nis IV2 5XQ, Alba

A' chiad chlò 2005

© Oighreachd Iain Mhic a' Ghobhainn 2005

Gach còir glèidhte.
Chan fhaodar cuid sam bith dhen leabhar seo ath-nochdadh,
a thasgadh no a chraobh-sgaoileadh ann an cruth sam bith,
no an dòigh sam bith, dealantach, uidheamach
no tro dhealbh lethbhric, gun chead fhaighinn
ro-làimh ann an sgrìobhadh
bhon sgrìobhadair is bhon fhoillsichear.

Air a chur ann an clò Minion
le Edderston Book Design, Baile nam Puball.
Air a chlò-bhualadh le Creative Print and Design, Ebbw Vale, A' Chuimrigh

Tha clàr-fhiosrachadh foillseachaidh dhan leabhar seo
ri fhaighinn bho Leabharlann Bhreatainn

LAGE/ISBN: 1 900 901 20 X

ÙR-SGEUL

Tha amas sònraichte aig Ùr-Sgeul – rosg Gàidhlig ùr do dh'inbhich a bhrosnachadh agus a chur an clò. Bhathar a' faireachdainn gu robh beàrn mhòr an seo agus, an co-bhonn ri foillsichearan Gàidhlig, ghabh Comhairle nan Leabhraichean oirre feuchainn ris a' bheàrn a lìonadh. Fhuaireadh taic tron Chrannchur Nàiseanta (Comhairle nan Ealain – Writers Factory) agus bho Bhòrd na Gàidhlig (Alba) gus seo a chur air bhonn. A-nis tha sreath ùr ga chur fa chomhair leughadairean – nobhailean, sgeulachdan goirid, eachdraidh-beatha is eile.

Ùr-Sgeul: sgrìobhadh làidir ùidheil – tha sinn an dòchas gun còrd e ribh.
www.ur-sgeul.com

Ro-ràdh

Tha 'Am Miseanaraidh' air aon dhe na sgeulachdan as fheàrr a sgrìobh Iain Mac a' Ghobhainn anns a' Ghàidhlig. Tha na samhlaidhean agus na smaointean saidhbhir am brìgh, agus tha an sgrìobhadh (anns a' mhòr-chuid) sìmplidh agus soilleir. Tha e follaiseach gun robh an cuspair tarraingeach dha inntinn agus gun robh e a' faicinn ann nithean a bha a' lìbhrigeadh fiosrachaidh air staid an duine agus air a nàdar.

Sgrìobh e riochd Beurla dhen sgeul a chaidh a chur an clò anns a' chruinneachadh *The Hermit and Other Stories*. Cha deach an riochd Gàidhlig fhoillseachadh gu ruige seo, ged nach eil e glè fhollaiseach dè an riochd a chaidh a sgrìobhadh an toiseach. Nam bheachd-sa, 's e am fear Gàidhlig as fheàrr air a sgrìobhadh dhe na dhà: tha a' chainnt ann nas teinne air a h-amladh agus nas siùbhlaiche na ruith, anns a' chumantas. Chì sinn sin gu sònraichte ma sheallas sinn ris na h-atharraichean beaga a tha eatarra an siud 's an seo.

Sgrìobh e dàn Gàidhlig cuideachd fon aon ainm (mar a chì sinn shìos). Tha seo a' toirt dhuinn uinneag eile gus coimhead ris a' chuspair, mar gum bitheadh, tro chainnt air a riaghladh le smachd na bàrdachd. Tha seo a' toirt air uachdair agus a' cur luach air facail agus abairtean sònraichte, a tha anns an sgeòil gun teagamh ach nach eil (a dh'aindeoin ath-atharrais air feadhainn aca) a' tighinn air uachdair cho soilleir, is sruth an

5

rosg na chumantas a' toirt aire an leughadair leis seachad orra:
mar eisimpleir

... Tha gach nì an seo dubh ach tha Dia geal ...

... cùbainnean borba gorm ...

... a choilear geal/ ... de chnàmh

Tha an leithid sin feumail gun teagamh nar n-amais air cridhe
na cùise, agus tha, an iathadh farsaing sgeulachdan Iain Mhic a'
Ghobhainn, co-theacsan eile far a bheil e a' bualadh air taobhan
dhen a' chuspair. 'S e seòrsa de dh'aonaran, duine air leth, a tha
anns a' Mhiseanaraidh, agus tha sin a' toirt nar cuimhne an
sgeul *An t-Aonaran* – agus a' toirt rabhadh dhuinn cuideachd,
oir 's e am maighstir-sgoile anns an sgeul sin as coltaiche ris a
bheil am Miseanaraidh an iomadh doigh! Cuideachd tha 'An
Duine Dubh anns a' Chùbainn' a' togail dùil ri coimeas, ach 's
ann mu dheidhinn na coimhearsnachd (dithis dhiubh, co-dhiù)
a tha an sgeul sin, 's chan ann mun 'Duine Dhubh' fhèin idir.

Tha an sgeul 'A Bhan-shoisgeulaiche', air an làimh eile, gu
math dlùth. Tha iad, gach neach aca, nan soisgeulaichean an
Afraga, leis na h-aon bhun-dhuilgheadasan – a' faireachdainn gu
làidir nach buin iad dhan àite, 's nach buin an t-àite no na daoine
dhaibh. Chan eil dòigh aca air an dleastanas a choileanadh mar
a tha iad a' faicinn. Is air a' cheann thall chan eil dòigh aca air
smachd a chur air an t-sluagh. Tha sin, bho dheireadh, a' cur as
dhan Bhan-shoisgeulaiche.

Tha am Miseanaraidh an toiseach a' stri ri a riaghladh fhèin
a chur air an t-saoghal anns a bheil e, ach tha gach nì a' dol na
aghaidh, gach feum a tha e na bheachd a dhèanamh a' tionndadh
gu call. Tha e a' toirt bean is clann fir a bha air ruith gu fear eile air

ais thuige, ach 's e thàinig às an sin tàmailt is murt is ionnsaidh air a bheatha fhèin. Bha na nithean sin do-thuigse dha.

Bha teas na grèine, guirme an fhuinn, lìonmhorachd lusan is ainmhidhean, dianad dòrtadh an eas, cleachdaidhean bun-os-cinn an t-sluaigh (a bha a' crochadh nam marbh anns na craobhan an àite a bhith gan cur fon talamh) is an tàthadh gun cheist ri an gnàthasan a' dèanamh, mean air mhean, cruth-atharrachadh air inntinn.

Thilg e a choilear. Ghabh e miann anabarrach air boireannach àraidh is thug sin e an lùib seilg is marbhaidh is cath, beachd is gnìomh a bha mì-ghnàthasach dha – is mì-dhleastanach. Tha an doilgheas a chuir seo air a spiorad air a riochdachadh anns an sgeul ann an deasbad shamhlachail na inntinn.

Nuair a bha e, bho dheireadh, an ionnas gabhail ri 'nàdarrachd' an t-saoghail eile sin, fhuair e iom-fhuasgladh. Thàinig tionndadh ùr anns a' chàs a bhuadhaich gu làidir air, agus ris na ghreimich e mar thaisbeanadh nach robh anns na thachair ris anns an dùthaich ach slighe fiosrachaidh aig an robh seo mar cheann-suidhe.

Tha an sgeul air a chur for comhair mar dhealbh air beatha a' Mhiseanaraidh – fhiosrachadh, a chreidsinn agus a thuigse – gun bhreith, gun eadar-mheadhan follaiseach bhon ùghdar. Ach ann an sgeul sam bith cha mhiste sinn a bhith mothachail air seòltachd an neach-innse. Mar eisimpleir, chì sinn gur e 'Dòmhnall Dubh' an t-ainm a tha air a thoirt air a' Mhiseanar-aidh an aon àite. Saoil an e ìoronas a tha againn an seo – no ìoronas dùbailte?

Cha bu mhiste an neach-leughaidh, cuideachd, a bhith moth-achail air uallach fhèin anns a' chùis – inntinn a chumail fosgailte is gun a bhith ro bhrais gus breith a thoirt air moraltas is gliocas charactaran sgeulachd, mar gum biodh iad saor-thoileach na shaoghal-san.

A thaobh ealain na sgeulachd, air an làimh eile, tha an cuspair sin gu dligheach nar cothrom. Tha an sgeul a tha seo ealanta dha-rìribh.

Domhnall MacAmhlaigh

Am Miseanaraidh

Tha am miseanaraidh a' falbh tro Afraga,
a' smaoineachadh air Dia gu h-àrd.
Tha gach nì an seo dubh ach tha Dia geal.
Tha aodannan leòmhann air na h-easan fhèin
ach tha Dia faisg is blàth.

Uaireannan chan eil fhios aig' càit a bheil e –
an Afraga, an Afraga
far a bheil gach rionnag gheal
a' deàrrsadh os a chionn.

Ach tha creideas aige, creideas gu leòr,
nach eil anns a' phreas,
anns a' phreas dheàlrach chòir,
nathair le ceann de dhaoimean,
trusgan neo-Chrìosdaidh grad.

Tha am miseanaraidh a' falbh tro Afraga,
mun cuairt air tha na duilleagan a' fàs,
cùbainnean borba gorm.
Tha sùilean air a' mhiseanaraidh gun sgur
nach fhaca Nèamh a-riamh.
Cho fionnar is cho ciùin a choilear geal,
cearcall geal de chnàmh.

Mar nach biodh e idir ann,
tha na craobhan geal' nach cual' mu Dhia a-riamh
a' dùnadh air a cheann de chnàmh,
agus tha a smaointean faoin
a' crìonadh ann an Afraga
far a bheil gach smaoin cho gorm.

1

D h'fhàg am ministear Dòmhnall Dubh Alba is chaidh e na mhiseanaraidh a dh'Afraga. Nuair a bha e a' fuireachd ann an Alba bhiodh e an-còmhnaidh a' sgrìobhadh litrichean don phàipear-naidheachd a' cur sìos air na daoine a bha a' briseadh na Sàbaid. Carson, chanadh e, a bha plèanaichean a' sgiathalaich air an t-Sàbaid, carson a bha aiseagan a' ruith? Carson nach robh gach duine a' deothal bainne blàth na Fìrinn?

Bhiodh e na shuidhe mar bu trice anns a' mhansa a' deasachadh a shearmoin airson na Sàbaid, agus cha robh e a' tighinn a-steach air gu robh an taigh dorch, gruamach. Bha lios an cois a' mhansa, ach cha robh am ministear a' toirt aire sam bith dha, agus bha na dìtheanan fiadhaich a' fàs gu saor, beairteach is pailt. Gu tric air an oidhche bhiodh e a' cluinntinn guth athar ag èigheachd, "Bainne blàth na Fìrinn," oir 's e ministear a bha na athair cuideachd nuair a bha e beò.

'S e duine beag ìosal a bh' ann dheth, le sùilean beaga biorach, is corp làidir. Nuair a dheigheadh e steach a thaigh sam bith, bhiodh e a' cur suas ùrnaigh fhada ag iarraidh air Dia an fhàrdach a bheannachadh. Bhiodh na h-ùrnaighean car cugallach, 's an-dràsta 's a-rithist thigeadh stad air 's gun fhios aige dè a chanadh e a-rithist. Bhiodh na stadan seo a' cur fearg air, oir bha e den bheachd gum bu chòir do Dhia fileantas a bhuileachadh air seach gu robh e cho daingeann anns a' Bhìoball. Cha b' e searmonaiche math a bh' ann dheth idir, oir bha na stadan ud a' tighinn air mar ghalair anns a' chùbainn fhèin.

Mu dheireadh dh'fhàs e cho mì-thoilichte 's gun tàinig e steach air a dhol na mhiseanaraidh a dh'Afraga. Bha e a' coimhead na inntinn àite lom anns am biodh searmonan is seinn, anns am biodh a' chlann a' fàs suas gu modhail is gu diadhaidh. Shaoil e gu robh an saoghal anns an robh e beò a' sgàineadh 's gu robh na sràidean dorch le fuil is peacadh. Bha Dia fhèin, na bheachd-san, air togail air falbh bho na bailtean, bho spioradan nan daoine. Bha gach nì gun òrdugh, 's an lagh a' briseadh.

Seach nach robh e pòsta, dh'fhaodadh e a bheatha ìobairt ann an Afraga 's anaman nan daoine dubha a shàbhaladh, oir bha iadsan ionraic is neoichiontach agus saor bhon phlàigh a bha cur na Roinn-Eòrpa bun-os-cionn.

Air latha doilleir dorch dh'fhàg e Alba, 's air latha soilleir brèagha ràinig e Afraga. Bha eaglais bheag a' feitheamh air am measg nan coilltean 's bha coitheanal beag ga fhrithealadh. A dh'aindeoin an teas chùm e air a choilear geal is aodach dubh, oir thàinig e steach air gum feumadh e comharradh air choreigin am measg nan duilleagan gorma ud.

Chuir e dragh air gu robh na duilleagan a' fàs mun cuairt na h-eaglais, agus 's e a' chiad rud a rinn e na dìtheanan borba a ghearradh sìos.

A' chiad oidhche a laigh e air a leabaidh anns an eaglais, bha beagan cianalais air, ach cha do sheas sin fada. Ann an ceann dhà no trì lathaichean bha Alba mar fhaileas air cùl inntinn – fad' air falbh, gun shusbaint, mar bheanntan air latha fliuch. Agus bha an teas a' bualadh air mar òrd de theine.

Nuair a dh'èirich e às a leabaidh anns a' mhadainn, chaidh e air tòir ceannard an trèibh, a bha na shuidhe air cathair aost fiodha (cha robh fhios cò às a thàinig i) air beulaibh a' bhothain chreadha. Bha seòrsa de chrùn air a cheann is bata aige na làimh ann an cruth nathrach. Bha a shùilean aost is mear.

Chuir an ceannard – dom b' ainm Toko – fàilte air na chànan fhèin, agus bhruidhinn am miseanaraidh ris anns an aon chànan. Bha e fileanta gu leòr ann an cànan an trèibh mus do dh'fhàg e Alba.

"Cia mheud Crìosdaidh a th' againn?" ars am ministear ris.

Thòisich Toko a' cunntadh air òrdagan, 's mu dheireadh thuirt e, "Fichead."

"Fichead," arsa Dòmhnall Dubh le uabhas, oir bha e air a bhith den bheachd gum biodh barrachd ann.

"Seadh," arsa Toko, "agus tha mi fhìn nam measg, oir tha fhios a'm air Àdhamh is Eubha is air Iutharn is air Nèamh. Tha fhios a'm air an nathair is air Eòin Baistidh is air an dannsair a gheàrr a cheann dheth." Is rinn e lachan mòr.

"Cha dèan seo a' chùis," arsa Dòmhnall Dubh ris fhèin. "Chan eil fhios aige air bainne blàth na Fìrinn." Chunnaic e am broinn a' bhothain mun cuairt air seachdnar bhoireannach nan suidhe air an làr a' sealltainn ris le sùilean sgeunach. Bha iad uile rùisgte ach gu robh sgiortaichean de dhuilleagan orra.

"Mo nàire, mo nàire," ars esan ris fhèin. Ged a bha an latha teth 's e a' sruthadh le fallas, cha tug e dheth a choilear.

Bha grunn chloinne a' cluiche anns a' pholl air beulaibh a' bhothain, iad uile rùisgte gu lèir.

"Nach eil a thìd' aig na boireannaich sin aodach a chur orra?" thuirt e ris a' cheannard. "Aodach?" ars an ceannard le iongnadh. "Tha e ro theth airson aodach. Agus co-dhiù chan eil aodach aca." Cha tuirt Dòmhnall Dubh càil aig an àm.

Cha robh dad mun cuairt air ach bothain bheaga de chrèadh is clann is boireannaich is fireannaich a' sealltainn ris leis an aon shùil shìorraidh.

"Bidh dùil agam ris na Crìosdaidhean a-màireach anns an eaglais," ars esan ri Toko, agus thionndaidh e air falbh.

Mo chreach, mo chreach, dè tha mi dol a dhèanamh an seo? thuirt e ris fhèin. Sheall e suas ri na craobhan, a bha tiugh le measan, agus rinn e osann.

Bha Toko fhathast na shuidhe air beulaibh a bhothain is a bhata na làimh, coltach ri cleasaiche ann an dealbh-chluich. Bha am miseanaraidh cinnteach gu robh e a' gàireachdainn.

2

Nuair a thàinig na Crìosdaidhean dubha don eaglais, chaidh Dòmhnall Dubh suas don chùbainn 's thòisich e ri bruidhinn riutha. Air a bheulaibh bha dithis nighean le aodannan ciùin is broillichean rùisgte.

"Tha an dà chuid ann," ars am miseanaraidh, "an Gràs is an Lagh. Thuirt Crìosd gun tàinig e airson cur às don lagh, ach 's e a bha e a' ciallachadh lagh nam Pharasach." Stad e, oir thàinig e steach air nach biodh fhios aca air eachdraidh nam Pharasach.

"Co-dhiù," ars esan, "chan eil ann ach an aon Dhia. Tha e anns an adhar 's nar n-anaman fhìn." Bha an sùilean a' sealltainn ris gun thuigse.

"Tha Dia mar bhritheamh. Tha e ag ràdh rinn gun ìomhaighean eile a thogail, gun nì a ghoid, gun adhaltranas a dhèanamh. Tha fhios agaib' fhèin air na nithean sin, oir bha teachdaire agaibh romhamsa."

Chual' e fuaim air taobh a-muigh na h-eaglais, is sheall e

ris a' choitheanal. Thuirt duine beag ris gu robh feadhainn a' tighinn gun sgur a dhèanamh magadh orra seach gu robh iad a' leantainn Chrìosd. Chrom am miseanaraidh às a' chùbainn is chaidh e mach às an eaglais, 's chunnaic e air a bheulaibh grunn bhalach a bha air a bhith sadail chlachan air an doras. "Mach à seo," dh'èigh e riutha, "mach à seo," is bha aodann cho dearg 's a chorp cho nàimhdeil – a' bòcadh mar choileach anns a' ghrèin – 's gun tug iad an casan leotha. An sin thill e air ais don eaglais.

Nuair a bha an searmon seachad, thuirt an duine beag ris gum biodh am miseanaraidh a bh' ann roimhe a' toirt cead dhaibh ceistean fhaighneachd dheth aig deireadh na seirbheis.

"A bheil ceist agaibh?" arsa Dòmhnall Dubh.

"Tha," arsa an duine beag. "'S e Banga as ainm dhòmhsa. Tha fear às an treubh air mo bhean a thoirt leis. Dè nì mi? Tha mi airson amhaich a ghearradh le mo sgian, ach tha mi a' cur na ceist oirbhse an toiseach."

"Tha am Bìoball ag ràdh gum bu chòir dhuinn a' phluic eile a thionndadh," arsa Dòmhnall Dubh. "Tha mi cinnteach gu smachdaich Dia an duine sin. Càit a bheil do bhean a-nis?"

"Tha i còmhla ris na thaigh 's tha i air mo nàrachadh."

"Uh-huh," arsa Dòmhnall Dubh. "Bruidhnidh mi ris an duine sin. Dè an t-ainm a th' air?"

"Tobbuta," ars an duine beag.

"Tillidh i gu do thaigh – na biodh eagal ort. Slaodaidh mi fhìn dhachaigh i."

"Ach," arsa Banga, "bu chòir dhomh amhaich a ghearradh a dh'aindeoin cùis."

"Cuiridh mise an gnothach seo ceart," arsa Dòmhnall Dubh. "Fàg thusa nam làmhan-s' e."

An sin bhruidhinn aon den chlann-nighean a bha air a bheulaibh.

"Tha m' athair aosta," ars ise. "Tha e ceithir fichead 's a dhà-dheug, 's tha e dall, bodhar is droch-nàdarrach, 's tha e an-còmhnaidh anns an leabaidh. Chan eil biadh gu leòr againn dha. Bu chòir dhuinn a mharbhadh mar a chleachd an treubh a bhith dèanamh uair. Dè tha sibhse ag ràdh?"

"Dè 'n t-ainm a th' ort?" arsa Dòmhnall Dubh.

"Miraga," ars an nighean.

"Uill, a Mhiraga," ars am miseanaraidh, 's e a' tionndadh a shùilean bho a cìochan, "chan eil Dia airson duine sam bith athair a mharbhadh, 's tha mi 'n dòchas nach cluinn mi facal mu dheidhinn seo tuilleadh. A bheil thu 'g èisteachd rium?"

"Tha," arsa Miraga. "Ach tha e aost, 's chan eil biadh againn anns an taigh. Tha an t-acras air a' chlann. Tha mi fhìn acrach."

"Tha nithean ann nas cudromaiche na an corp," arsa Dòmhnall Dubh. "Tha an t-anam ann." Ach nuair a sheall e mun cuairt air, cha robh e a' coimhead anam no spiorad, càil ach na cuirp ghleansach dhubh, is solas uaine air na h-uinneagan.

Bha cìochan na h-ighne gleansach far an robh a' ghrian air bualadh orra.

Miraga, Miraga, Miraga. Bha an t-ainm a' toirt na inntinn camhanaich is bùrn is grian aig an aon àm.

"A bheil ceist eile aig duine sam bith?"

"Tha," arsa fear mòr slaodach le feusag. "'S e m' ainm-sa Horruka. Tha sinn a' leughadh anns a' Bhìoball gun do gheàrr Peadar cluais an t-saighdeir. Dè bu choireach ri sin?"

Chan eil càil air an aire ach fuil is murt, arsa Dòmhnall Dubh ris fhèin.

"Cha robh gnothach aige sin a dhèanamh," fhreagair e. "Thuirt Crìosd fhèin gun do rinn e mearachd. 'S cinnteach gun do dh'innis am ministear eile sin dhuibh." Nuair a dh'ainmich e am ministear a bh' ann roimhe, thòisich iad a' sealltainn ri chèile air fàth mar gum biodh sanas a' ruith air am feadh.

"Bhiodh sibh ag èisteachd ris, nach bitheadh?" ars esan.

"O, bhitheadh," ars iadsan, a' sealltainn ris le sùilean seòlta 's a' bruidhinn mar chlann ann an clas.

"Glè mhath a-rèist," ars esan. "Tha mi 'n dòchas gun do dh'ionnsaich sibh bhuaithe."

Nuair a dh'fhàg e an eaglais, chunnaic e gu robh ìomhaigh de Chrìosd – geal is fann – na laighe air being, is shad e i a-mach air an doras, far an robh a' ghrian làidir is borb. Bha na craobhan a' fàs cho àrd is cho gorm, bha na bothain chreadha mar bhuilgeanan air bùrn teth.

An urrainn dhomh an teas seo a ghiùlain? ars esan ris fhèin. Tha e coltach ri Ifrinn.

Bha e dìreach a dhol a dh'ithe aon de na measan nuair a chual' e èigh.

"Tha iad puinnseanta," ars an guth. Nuair a thog e a cheann a shealltainn tro dhorchadas na grèine, chunnaic e an dotair-buidseachd a' sealltainn ris, stiallan dearga is dubh is geal a' sruthadh sìos aodann.

3

An oidhche sin fhèin thachair e air leabhar-latha a bha am
miseanaraidh a bh' ann roimhe air a bhith cumail. Ri solas
na lampa, 's e na leabaidh anns an rùm, a bha anns an eaglais
fhèin, thòisich e ga leughadh.

Fhad 's a bha e a' leughadh, thàinig e steach air nach robh
fhios aige air càil mu dheidhinn an fhir a bh' anns an dreuchd
roimhe, agus chuir seo beagan dragh air – ach chaidh an smaoin
às inntinn nuair a ghabh an leabhar grèim air.

Seo na nithean a leugh e.

17 *Am Màrt* Tha mi air an t-àite seo a ruighinn mu dheir-
eadh thall. Ged a bha Breatann dorch is tùrsach, tha an
t-àite seo teth is soilleir. Tha mi smaoineachadh gun còrd
e rium.

18 *Am Màrt* An-diugh bha mi a' bruidhinn ris a' cheannard.
Tha deichnear anns a' choitheanal. Nuair a bha mi

searmonachadh bha mi smaoineachadh cho truagh is cho maoth is a tha mi faireachdainn anns an tìr seo, far a bheil a' ghrian cho làidir.

20 *Am Màrt* Dè as urrainn dhomh a dhèanamh an seo? Chan e dotair a th' annam, chan aithne dhomh taigh a thogail, chan aithne dhomh fiù talamh àiteachadh. A bheil an Soisgeul na aonar gu leòr dhaibh? Cha tàinig seo a-steach orm ann am Breatann idir. Ach tha mi coimhead gu bheil an treubh seo bochd is acrach 's nach eil mòran as urrainn dhomh a dhèanamh air an son. Tha mi faireachdainn truagh, aonaranach, gun chobhair.

22 *Am Màrt* Dh'innis mi dhaibh mu dheidhinn Abrahàm is Ìsaac. Thuig iad sin, ach tha mi den bheachd nach eil càil a mhath dhomh a bhith teagasg diadhachd no *theology* dhaibh. Feumaidh iad feòil air cnàmhan na diadhachd. Tha an t-anam anns a' cheàrnaidh seo cho fann is geal. An-dè chunna mi an dotair-buidseachd 's tha mi smaoineachadh gu robh e fanaid orm. Ach tha e fhèin 's na daoine a tha mi coinneachadh coibhneil gu leòr, ged a tha mi faireachdainn air leth aonaranach. Tha mo leabhraichean air am brìgh a chall, mar gum biodh a' ghrian ro làidir air an son. Agus cha bu chòir sin a bhith, oir nach ann à rìoghachdan na grèine a thàinig am Bìoball gu follais an toiseach?

23 *Am Màrt* Bha an ceannard 's an dotair-buidseachd ag ùrnaigh airson uisge an-diugh. Thug mi gu aire gur e Crìosdaidh a bh' ann, agus dh'aidich e gur e, ach gum feumadh an treubh uisge no gun deigheadh an talamh fàs. Feumaidh mi innse gun do rinn mi fhìn ùrnaigh ri

Dia uisge a chur a-nuas, ach cha tàinig boinneag, 's tha an
t-adhar cho gorm 's a bha e riamh. Tha an aonaranachd a'
fàs nas miosa. 'S ann a tha mi coltach ri taibhse anns an
dorchadas. Tha an t-àite seo a' cur eagail orm, ged a tha na
daoine còir gu leòr.

2 *An Giblean* Bha sabaid eadar dithis fhireannach anns
a' bhaile an-dè, ach stad mi i. Nuair a dhùisg mi anns
a' mhadainn, 's e a' chiad rud a chuala mi gu robh fear
dhiubh air fhaighinn marbh le sgian na dhruim. Mura
bithinn air stad a chur air an t-sabaid, dè bha air tachairt?
Am biodh e beò fhathast?
Tha a' cheist seo a' cur eagail orm.

3 *An Giblean* Chan eil math a bhith ga chleith. Tha an teas
a' toirt smaointean feòlmhor gum inntinn, 's gach latha
tha mi coimhead nam boireannach a' falbh leth-rùisgte air
feadh a' bhaile. Am bithinn nam fhear-teagaisg na b' fheàrr
nan gabhainn tè dhiubh mar a rinn na rìghrean anns an
t-Seann Tiomnadh? Tha mi smaoineachadh gu bheil teine
gam losgadh 's gu bheil faileas a' tuiteam air m' inntinn.

12 *An Giblean* Nuair a dh'fhalbhas Regina air feadh a' bhaile,
tha iad uile a' sealltainn rithe le meas. Tha i a' tighinn air
an oidhche, ach tha i 'g iarraidh a bhith tighinn air an
latha. Tha i air a lìonadh le pròis, ach cha dèan mi a' chùis
às a h-aonais. Tha i ag iarraidh ghrìogagan, ach chan eil
gin agam. Carson nach eil, tha i a' faighneachd. 'S tha
i nis ag iarraidh mo choileir – tha i ag ràdh gu bheil e
cho brèagha 's cho geal. Chan eil càil a' cur dragh oirre
ach pròis is beairteas. Tha i cho nàdarrach ris a' bhùrn
fhèin, am bùrn a bh' ann uair 's nach eil a' tighinn. Càit

an deach m' anam? A bheil e ruith mar easgann anns na h-aibhnichean tràighte? Tha a h-aodann dubh air a' chluasaig rim thaobh, 's chan eil smaoin inntinne a' tighinn air. Chan eil aon sgòth air, trom le bùrn. Tha mi mar shlige anns an dorchadas, slige gun cheòl mara. Dè tha mi a' dèanamh an seo? Carson a thàinig mi? Chan eil iad a' sùileachadh cail orm – tha iad dìreach mar chlann – ach feumaidh mi gibht a choreigin a thoirt dhaibh. Mo Bhìoball. Dè dhèanadh iad leis a sin? A bheil aodann dubh air Dia fhèin anns an àite seo?

13 *An Giblean*   Tha fhios a'm dè tha mi dol a dhèanamh. Tha mi cinnteach. Thàinig e thugam ann am bruadar cho soilleir ri solas na grèine. Tha mi cinnteach gu bheil fhios aig an dotair-buidseachd air mo smaoin cuideachd: tha na stiallan air aodann a' deàrrsadh le buaidh is gàirdeachas. Chan eil math an còrr a sgrìobhadh.

Agus chrìochnaich an leabhar-latha an sin fhèin. Na laighe anns an leabaidh, bha Dòmhnall Dubh a' smaoineachadh. Dè bha ann an rùn a' mhiseanaraidh? Dè bha dùil aige ri dhèanamh? Bha e a' faireachdainn na h-eaglais mar shlige thana anns an dorchadas, slige thruagh. Agus mun cuairt air bha e a' cluinntinn ràn nam beathaichean fiadhaich. Bha a chorp a' brùchdadh le fallas, agus aig an àm ud fhèin bha e air a bhith glè thoilichte a bhith air ais anns an Roinn-Eòrpa, am measg a truaillidheachd aosta, am measg a sràidean cam. Ciamar, ars esan ris fhèin, a chuireas mi seachad an tìde anns an àite seo? Tha mi mar lilidh anns an dorchadas seo nach eil mi a' tuigsinn 's a tha a' cur eagail orm.

Chuir e an leabhar-latha fo chluasaig is thuit e na chadal. Bha mar gum biodh eas àrd copach a' torman na inntinn, 's nuair a shealladh e steach don uisge cha robh e a' coimhead càil ach aodannan coibhneil carach a' sealltainn air ais ris.

4

Làrna-mhàireach chaidh e air tòir bean Bhanga airson a toirt dhachaigh gu a cèile. Bha bothan Thobbuta domhainn anns a' choille, a bha dorch uaine mun cuairt air, ach an-dràsta 's a-rithist gum faiceadh e lainnir na grèine a' sàthadh eadar na craobhan. Lean e am frith-rathad a bha iomadh cas air a dhèanamh air làr na coille, a' cluinntinn aig amannan feadalaich nan eun. O a shaoghail a chruthaich thu, a Dhè, cho bòidheach 's a tha e, cho beairteach le beannachdan. Ann an ceann ùine chunnaic e dhà no trì bhothanan air a bheulaibh agus dh'fhaighnich e de bhalach beag rùisgte càit an robh taigh Thobbuta. Sheall am balach an taigh dha, agus choisich e thuige agus fhios aige fad na tìde gu robh daoine a' farchluais air. Bha aodach dubh am measg an uaine 's an òir.

Bha Tobbuta fhèin na shuidhe aig beulaibh an taighe a' geurachadh pìos fiodha.

"Thàinig mi air tòir bean Bhanga," arsa Dòmhnall ris.

Thog Tobbuta a shùilean is sheall e ris. Gun smid a ràdh, sheall e broinn a' bhothain dha, is chaidh am miseanaraidh a-steach. Bha boireannach na suidhe air an làr is dithis nighean beaga ri taobh.

"Feumaidh tu dhol air ais gu do dhuine," thuirt e rithe. "Tha òrdugh agam bhon cheannard."

Leig i sgreuch aiste mar gum biodh e air sgian a chur troimhpe, mar gum b' e ainmhidh a bh' innte a' bàsachadh anns a' choille.

Rinn an dithis nighean grèim bàis oirre, a' sealltainn ris le iongnadh nan sùilean mar gum b' e nàmhaid a bh' ann.

"Thugainn," ars esan, "tha do chèile a' feitheamh riut."

Choisich i mach gu mall is chual' e i a' bruidhinn ri Tobbuta ann an guth marbh ìosal. Bha Tobbuta a' geurachadh a' phìos maide 's am boireannach na seasamh ri thaobh, umhail is sàmhach, mar bhò a tha a' feitheamh ris an òrd. Thàinig an dithis chloinne a-mach às a' bhothan 's sheas iad ri a taobh.

Shaoil am miseanaraidh gu robh an nì a bha tachairt air a bhith tachairt airson bhliadhnachan mòra, gu robh e ann am meadhan sìorraidheachd 's gu robh tìm fhèin air stad. Smaoinich e gu robh e air a bhith an siud roimhe 's gum fac' e Tobbuta a' geurachadh a' phìos maide roimhe agus gu robh ciall àraid aig gach nì a bha a' tachairt.

Nuair a dh'fhalbh e, lean am boireannach e le a dithis chloinne. Thog Tobbuta a cheann agus sheall e ris airson mionaid, an sgian na làimh. Cha tug am boireannach leatha goireas-turais no trealaich sam bith. Anns an aon shàmhachd choisich iad tron choille, ise air thoiseach air a-nis, còmhla ri a cloinn, is esan air dheireadh. Bha e dìreach mar gum biodh e a' toirt ainmhidh dhachaigh an dèidh sealgaireachd.

Chunnaic e a casan dubha, a sliasaidean dubha, air thoiseach air, agus smaoinich e, Chan eil fhios a'm air càil mu deidhinn – tha i dorch, neo-ainmichte. Tha am Bìoball a' cumail taic rium, tha a dhuilleagan geal anns a' choille. Bha a corp stàtail, uallach. An e gaol a tha mi milleadh, dh'fhaighnich e dheth fhèin, ach cha robh guth ga fhreagairt. 'S fad na tìde bha a' chlann a' toirt sùil air le eagal. Ann am meadhan na coille stad iad uile agus chuir e ùrnaigh suas, oir bha e a' faireachdainn cudrom air a spiorad mar gum biodh nì oillteil ga dheasachadh fhèin anns a' choille.

Fhad 's a bha e a' cur suas na h-ùrnaigh bha e air a ghlùinean air freumhaichean tioram briste agus a' coimhead sheangan a' gabhail seachad gu slaodach nan rìoghachd fhèin. An dèidh dhaibh èirigh thairg e deoch bhùirn dhi, ach cha ghabhadh i i. Dhiùlt i an t-uisge le fiamh coma. Thàinig e steach air gur e seòrsa de dh'eaglais a bh' anns a' choille, le a colbhan àrd làidir a' dìreadh chun an adhair. Bha sùilean a' bhoireannaich cho ciùin is cho coma, gun sholas sam bith annta, mar gum biodh i coiseachd ann am bruadar. Dh'fheuch e ri còmhradh rithe mar gum biodh cionta air. "Tha mi duilich," ars esan, "ach rinn thu ceàrr. Agus chunnaic Dia do pheacadh agus chuir e mise thugad air theachdaireachd." Ach cha robh i ag ràdh smid ach a' sealltainn ris le iongnadh, mar nach robh i a' tuigsinn cò às a thàinig e. Mhothaich e gu robh stiallan air a druim mar gum biodh cuideigin air sràicean a thoirt dhi. Chan e 'n gaol a bh' ann a-rèist, ars esan ris fhèin, agus dh'fhairich e a' chuip na làimh. Tha an dithis againn a' sealltainn ri chèile ann am meadhan na coille, ars esan ris fhèin, 's chan eil sinn a' tuigsinn a chèile.

A Dhè, cuidich mi, ach cha robh mun cuairt air ach gormachd nan craobh 's os a chionn gormachd an adhair.

Fad na tìde bha eagal air gu robh rudeigin a' dol a thachairt, bha ro-fhiosrachadh na chnàmhan 's na anam. Agus bha e a' sealltainn air a chùlaibh gun sgur, air eagal gu robh Tobbuta anns a' choille air a thòir. Ach cha robh e a' coimhead gluasad sam bith am measg nan duilleag. Dè a-rèist tha ceàrr, bha e a' faighneachd dheth fhèin, 's e a' fosgladh a choileir beagan is beagan air sgàth an teas.

Mu dheireadh ràinig iad am bothan far an robh Banga a' fuireachd. Tha mi air m' obair a dhèanamh, ars esan ris fhèin. Dh'fhàg e am boireannach, a ceann crom, còmhla ri Banga, is dh'fhalbh e. Aon thuras thug e sùil air ais, is shaoil e gu robh iad uile mar ìomhaighean dubha, daingeann ann an tìm, 's gu robh e fhèin mar thaibhse a' falbh air feadh an t-saoghail. Nuair a ràinig e an eaglais, chuir e suas ùrnaigh eile. A Dhè, chan eil mi faireachdainn socair anns an àite sa idir. Chan eil mi tuigsinn dè tha tachairt. Tha sannt na feòla orm. Dìreach nuair a bha mi tighinn dhachaigh tro Do choille, dh'fhairich mi e. Feumaidh Tu mo chuideachadh anns an àite iongantach dhìomhair seo, anns an dorchadas a tha gam chuartachadh.

An dèidh an ùrnaigh a chrìochnachadh thòisich e a' nighe a làmhan gun sgur, 's a-rithist aodann. Thug e dheth a choilear is nigh e amhaich. Nuair a sheall e anns an sgàthan, chunnaic e an làrach a dh'fhàg an coilear geur air amhaich agus thug e steach air na stiallan a bh' air druim a' bhoireannaich. An gaol, an gaol, ars esan ris fhèin. Smaoinich e air Tobbuta a' geurachadh a' phìos maide. Cha do dh'fheuch e ri cumail, 's cha b' e a-rèist an gaol a bh' ann. Chuir òrdugh a' cheannaird eagal air Tobbuta – sin bu choireach gun do ghèill e.

Thòisich e a' leughadh a' Bhìobaill, 's bha e domhainn na dhuilleagan geala airson uairean a thìde gus an do thuit an dorchadas, faramach le gleadhraich nan ainmhidh.

5

─────⟫●⟪─────

Bha an làrna-mhàireach cho teth is cho ciùin ris a h-uile latha eile, agus nuair a chaidh e mach às an eaglais bha e a' faireachdainn coltach ri ceannard a tha a' toirt sùil air fearann a bhuineas dha. Ach dìreach nuair a bha e na sheasamh an sin thàinig Banga na ruith far an robh e, agus shaoil am miseanaraidh aig an aon àm gu robh am baile làn de dhaoine. Bha sgian aig Banga na làimh agus chunnaic Dòmhnall Dubh le eagal is uabhas gu robh fuil air an sgian. Chaidh Banga air a ghlùinean air a bheulaibh air an talamh chruaidh chreadha 's thog e aodann a bha a' sruthadh le deòirean.

"Mhurt mi iad," thòisich e ri 'g èigheachd. "Mhurt mi iad gu lèir." Thairg e an sgian don mhiseanaraidh mar gum biodh e ag iarraidh air a mharbhadh.

"Bha i a' rànail fad na tìde," ars esan. "Bha a' chlann a' rànail cuideachd. Bha i 'g iarraidh don àite às an tàinig i. Agus thog mi an sgian is mharbh mi i, 's an dèidh sin mharbh mi a' chlann. Bha an tàmailt ga mo thachdadh."

28

Chrom e a cheann 's thòisich e ri gal. Theich am miseanaraidh air falbh, agus gun smid a ràdh choisich e gu mall is gu trom chun a' bhothain aig an do dh'fhàg e am boireannach 's a clann. Stad e airson mionaid aig an doras, ach ann an ceann ùine chaidh e steach. Chunnaic e iad uile nan laighe air an làr, an amhaichean air an gearradh. Bha a' chlann dìreach mar dhoilichean, an gnùisean a' fàs leth-bhàn le dìth na fala.

Chaidh e air chrith 's an dèidh sin thuit e air a ghlùinean, ach fhad 's a bha e a' feuchainn ri ùrnaigh a chur suas, bha fhiaclan a' snagadaich cho mòr 's nach fhaigheadh e air facal a ràdh. Bha na facail a' briseadh 's cha deigheadh iad ri chèile a-rithist. Dh'èirich e is thionndaidh e air ais don bhaile, far an robh Banga fhathast air a ghlùinean air an t-sràid. Chunnaic e an ceannard a' tighinn thuige, 's thuirt e ris, "Dè tha thu dol a dhèanamh?"

"Feumar a chur gu bàs," ars an ceannard. "Nach eil an creideamh Crìosdail a' sùileachadh sin bhuainn?"

Sheall am miseanaraidh ris le uabhas, mar gum biodh e a' smaoineachadh gu robh an ceannard a' magadh air, ach bha aodann a' cheannaird cho soilleir 's cho ciùin ris an adhar.

Thòisich am miseanaraidh ri slaodadh a choileir bho amhaich, 's mu dheireadh shad e air an rathad e. Sheall e sìos ris an rathad, far an robh an coilear na laighe, cruinn is geal, mar fhàinne a chaidh air chall. Cha robh fhios aige dè dhèanadh e. Bha e airson am baile fhàgail ach cha robh fhios aige càit an deigheadh e.

Fad na tìde bha e a' sealltainn ris a' cheannard le sùil fhiadhaich agus bha e a' feuchainn ri facail a chur ri chèile, ach cha robh gin a' tighinn thuige.

"Mo choire-sa, mo choire-sa," dh'èigh e mu dheireadh, agus anns a' mhionaid sin fhèin chunnaic e Banga a' sàthadh na sgine na bhroilleach agus a' tuiteam air an talamh.

Thòisich e fhèin ri sgreuchail, "Cha robh gnothach agam a thighinn an seo. Cha robh, cha robh."

An sin ruith e air falbh gun chàil a dh'fhios aige càit an robh e dol, agus mu dheireadh fhuair e e fhèin ann am meadhan na coille ann an rèidhlean fionnar uaine. Laigh e sìos anns an rèidhlean, a bha domhainn anns a' choille, agus cha robh e cluinntinn eun ri seinn. Bha a chorp gu lèir air chrith mar gum b' ann le fiabhras. Bha e a' sealltainn ris a' choille mun cuairt air agus cha robh smaoin a' drùdhadh air inntinn, a bha cho falamh ris an adhar a bha fhathast ciùin is gorm. Smaoinich e air an ùrnaigh a chuir e suas nuair a bha e a' toirt a' bhoireannaich agus na cloinne dhachaigh agus thòisich e ri gal, agus chan fhaigheadh e air sgur.

Ann an ceann ùine chunnaic e an ceannard a' tighinn thuige tron choille agus a' stad ri thaobh agus a' sealltainn sìos ris. Thog e a cheann ris mar a rinn Banga ris fhèin roimhe.

"Dè tha thu dol a dhèanamh?" ars an ceannard. "Chan urrainn dhuit fuireachd an sin."

Cha robh càil a dh'fhios aige dè bha e dol a dhèanamh. Bha a' cheist a' tighinn thuige mar gum b' ann tro fhuaim eas a tha a' dòrtadh gun sgur.

"Faodaidh tu a thighinn air ais còmhla rinne," ars an ceannard ris, "mas e sin do thoil. Tha bothan Bhanga a-nis falamh agus faodaidh tu fuireachd ann mas e sin a tha thu 'g iarraidh."

"Nach tu a tha glic," ars am miseanaraidh anns a' ghuth-thàmh. An e sin a bha e 'g iarraidh? Bha seòrsa de fhreagarrachd anns na facail a thuirt an ceannard, esan a dhol a dh'fhuireachd am measg na fala, am measg a' chionta a bhiodh ann a-chaoidh 's nach gabhadh a ghlanadh.

Sheas e gu dìreach anns a' choille. "Nì mi sin," fhreagair e. "Nì mi sin."

Thill an dithis air ais don bhothan tron choille. Fhad 's a bha iad a' coiseachd chuir am miseanaraidh dheth a bhrògan 's dh'fhàg e iad air an rathad air a chùlaibh. Dh'fhairich e a chasan blàth air an talamh, 's bha e mar leanabh a-rithist. Stad iad air taobh a-muigh a' bhothain. "Chan eil na cuirp ann a-nis," ars an ceannard ris. "Faodaidh tu fuireachd ann. Tha an làr air a ghlanadh." Thionndaidh e air falbh 's chaidh am miseanaraidh a-steach don bhothan. Cha robh càil ann ach dhà no trì shoithichean creadha agus grunn mheangan airson leabaidh. Chòrd an lomnochd ris, ann an dòigh àraid a' togail a spioraid. 'S e seo mo rùm-leughaidh 's mo rùm-bìdh 's mo rùm-cadail, ars esan ris fhèin. Laigh e sìos air an leabaidh mar gum biodh e ann an rùm ann am prìosan, an leabaidh-phòsta a bha trom le fuil. Anns a' mhionaid thuit e na chadal, 's cha do dhùisg e gus an robh dorchadas air tuiteam. Chan fhaigheadh e air uaireadair fhaicinn 's thug e bho làimh e 's bhris e e anns an dorchadas. An dèidh sin thuit e na chadal a-rithist.

6

Nuair a dh'èirich e anns a' mhadainn, cha robh cuimhn' aige an toiseach càit an robh e. Bha a' ghrian a' deàlradh a-steach don bhothan 's a' dalladh a shùilean. Dh'èirich e bho leabaidh 's chunnaic e ri thaobh poit làn bùirn is grunn de mheasan buidhe nach robh idir coltach ris an fheadhainn a chunnaic e air na craobhan. Nigh e e fhèin leis a' bhùrn agus dh'ith e aon de na measan, a bha coltach ri coconut, oir bha seòrsa de bhainne na bhroinn. Cha robh e airson càil a dhèanamh, is shuidh e air beulaibh a thaighe a' sealltainn ris an eaglais, a bha nise fad' air falbh, gun fheum, a clagan balbh. Thuirt e ris fhèin gu robh cho math dha leigeil le fheusaig fàs, agus bha e smaoineachadh gur e co-dhùnadh cudromach a bha seo.

Bha e a' faireachdainn tìm a' laighe air mar chleòca a bha tuiteam tarsainn air a ghuailnean. Cha robh miann sam bith air inntinn, cha robh an t-àm a bha ri teachd a' cur eagail air. Fhad 's a bha e na shuidhe a' coimhead an t-saoghail, a bha nise

cho sàmhach, cho lom, chual' e danns is ionnsramaidean a
bhith gan cluich, is chunnaic e daoine air an còmhdach ann an
aodach soilleir is adan is itean a' tighinn a-nuas an t-sràid.
Nam measg bha iad a' giùlain cudrom air choreigin, is thug e ùine
mus do thuig e gur e cuirp nam marbh a bh' ann. Bha na cuirp
air an deasachadh le dìtheanan agus nan laighe air fiodh. Bha na
dannsairean a' dèanamh fuaim àraid a bha tùrsach is buadhmhor
aig an aon àm. Chunnaic e le gath bròin gu robh feadhainn de na
Crìosdaidhean nam measg. Gun smaoineachadh, lean e iad is iad
a' toirt orra don choille 's iad a' danns fad na tìde mar gum b' e
fèill an àite tiodhlacaidh a bh' air an aire.

Choisich iad astar mòr gus mu dheireadh an do ràinig iad
rèidhlean domhainn anns a' choille. Nuair a sheall e suas,
chunnaic e gu robh cnàmhan a' lìonadh nan craobh 's a' deàl-
radh am measg nan duilleagan, cnàmhan geala sàmhach mar
ionnsramaidean ciùil.

Stad a' ghràisg far an robh iad, is chunnaic e an dotair-
buidseachd a' tighinn 's a' dèanamh chomharran os cionn nan
corp, 's aig a' cheart àm bha na daoine a' dèanamh fuaim coltach
ri torman nan eun.

Le ròpaichean mòra de dhuilleach nan craobh, thòisich iad
ri slaodadh 's ri togail nan corp suas don adhar, gus an robh iad
nan laighe am measg nam meangan shuas gu h-àrd. Fhad 's a
bha seo a' tachairt bha na daoine a' seinn 's a' danns gun sgur,
's a' ruith air adhart 's air ais air an talamh mar gum b' e eòin a
bh' annta, 's iad mar gum biodh a' cur a-mach an sgiathan.

Bha an ceòl is gormachd nan craobh 's an danns a' dèanamh
a' bhàis fhèin beòthail, is thàinig e steach air gu robh an treubh
seo a' dèanamh gach nì nàdarrach. Bha iad a' toirt nan corp do

na h-eòin, gan tionndadh gu ceòl ann am meadhan na coille. Nuair a bha na cuirp anns na craobhan, thòisich na daoine uile ri dèanamh ùmhlachd fad na tìde, 's a' sgiathalaich mar iseanan.

Bha aire cho domhainn air an t-sealladh a bha air a bheulaibh 's nach do mhothaich e gu robh an ceannard ri thaobh.

Thuirt an ceannard ris ann an guth ìosal, "Tha seo a' toirt do dhachaigh nad chuimhne, nach eil?", is sheall e ris a' mhiseanaraidh le sùil a bha aost is glic.

"Tha," ars am miseanaraidh, a' smaoineachadh air na tiodhlacaidhean aig an taigh, 's a' ghaoth, geur is fuar, a' gluasad na glasaich, 's na daoine còmhdaichte ann an aodach cumhang dubh.

"Tha sin nàdarrach," ars an ceannard.

"A bheil sibh a' creidsinn anns an anam?" dh'fhaighnich am miseanaraidh.

"An t-anam?" ars an ceannard. "Tha an t-anam mar cheòl nan eun."

"Bha mi smaoineachadh gur e Crìosdaidh a bh' annaib' fhèin," arsa Dòmhnall Dubh.

Cha do fhreagair an ceannard a' cheist, ach thuirt e, "Tha iad a' smaoineachadh gun do rinn Banga nì a bha nàdarrach. Bha e nàdarrach gum marbhadh e a bhean agus ann an dòigh àraid gum marbhadh e a chlann cuideachd. Tha iad a' tuigsinn sin."

Nàdarrach? arsa Dòmhnall ris fhèin, nàdarrach? Bha na cuirp crochte anns an adhar, a' chlann 's am pàrantan.

"Carson a dh'fhàg bean Bhanga e?" dh'fhaighnich e.

"Bha e ga bualadh," ars an ceannard. "Ruith i air falbh. Bho chaidh e na Chrìosdaidh dh'fhàs nàdar Bhanga na bu mhiosa. Nach fhaca tu na stiallan air a druim?"

Agus bha sin nàdarrach cuideachd, arsa Dòmhnall ris fhèin. Bha a' choille nàdarrach, an ceòl nàdarrach, am murt nàdarrach.

Fad na tìde bha an ceannard a' sealltainn ris le sùilean geura. Ach an robh na nithean seo nàdarrach? Dè a-rèiste mu dheidhinn an Lagh?

Chunnaic e Tobbuta a' tighinn ga ionnsaigh, 's thuirt an ceannard ris, "Feuchaidh e ri do mharbhadh. Chuir thu dhìot do choilear 's tha thu nise mar dhuine sam bith eile."

Bha aodann Thobbuta mar sgàilean dubh. Sheall a' ghràisg ris gu coma, mar gum biodh fhearg nàdarrach cuideachd. Tha e dol a dh'fheuchainn ri mo mharbhadh, arsa Dòmhnall ris fhèin, 's chan eil dragh agam. Stad Tobbuta air a bheulaibh, 's gun smid a ràdh thug e sgian dha, e fhèin a' cumail tèile. Thug Dòmhnall sùil air an sgian a bha na làimh mar nach biodh e tuigsinn dè a bh' ann.

An sin shad e an sgian air an talamh agus sheas e far an robh e, a' sealltainn ri Tobbuta fad na tìde.

Thog Tobbuta a làmh agus bha an sgian na lainnir gheal anns an adhar. Anns a' mhionaid sin thachair nì àraid don mhiseanaraidh: dh'aithnich e nach robh e airson bàsachadh.

Rug e air ghàirdean air Tobbuta agus chuir e car dheth, a' cleachdadh a h-uile mìr neairt a bha na chorp, a' smaoineachadh air na lathaichean anns am biodh e a' sadail an ùird anns an oilthigh. Bha Tobbuta a' tionndadh mar iasg air ceann slait agus bha am miseanaraidh a' sabaid airson a bheatha. Bha na fèithean a' bòcadh air a mhaol, bha fearg mhòr a' dalladh a spioraid.

Chan eil mi airson bàsachadh, bha e ag ràdh ris fhèin, agus shaoil e gum biodh e baoth a bheatha a chall anns an rèidhlean ud cho fad' air falbh bho a dhachaigh.

Mu dheireadh chual' e brag, 's bha Tobbuta a' sealltainn sìos ri a dhòrn, a bha gun fheum aig a chliathaich.

"À," ars a' ghràisg, 's bha an anail a' falbh air feadh na coille mar uspag gaoithe.

Thionndaidh Tobbuta air falbh, a' feuchainn ris an sgian a chur na bhroilleach, ach shad am miseanaraidh i air falbh bhuaithe. Thug Tobbuta sùil àraid air 's an dèidh sin ruith e tron ghràisg gun sealltainn air ais.

"Tha gach nì nàdarrach," ars an ceannard ri Dòmhnall ann an guth ìosal.

Mar nach robh nì air tachairt, thòisich a' ghràisg ri seinn 's ri danns a-rithist, 's chaidh am miseanaraidh air tòir Thobbuta.

Fhuair e e na shuidhe leis fhèin 's a chùlaibh ri bun craoibhe. Nuair a dhlùth am miseanaraidh air, rinn e airson èirigh agus a shùil misneachail is feargach.

Stad Dòmhnall Dubh e is thuirt e ris, "An robh gaol agad oirre?"

Dh'aom Tobbuta a cheann gun bhruidhinn.

"Carson a-rèist a leig thu dhomh a toirt air falbh?" dh'fhaighnich Dòmhnall.

"Cha b' urrainn dhuinn a dhol an aghaidh a' cheannaird," arsa Tobbuta. Agus thòisich e ri gal, na deòirean a' sruthadh sìos a phluicean.

"Cha robh fhios a'm," arsa Dòmhnall.

Shuidh iad còmhla ri chèile anns a' choille airson ùine mhòir. Nuair a dh'fhàg am miseanaraidh Tobbuta mu dheireadh, bha e ciùin is sèimh. Chunnaic Dòmhnall Dubh sùilean mun cuairt air anns a' choille, ach thill e gu a thaigh gun leigeil air gum fac' e duine.

36

Cha robh càil a dh'fhios dè dhèanadh Tobbuta a-nis. Am marbhadh esan e fhèin cuideachd?

7

Nuair a ràinig e am bothan, bha nighean na seasamh ri thaobh agus dh'aithnich e gur i an tè a bha bruidhinn ris mu dheidhinn a h-athar. A h-aodann a' gleansadh anns a' ghrèin, a cìochan rùisgte, a calpan 's a casan treun is làidir, bha i na seasamh gun chàil oirre ach crios de dhuilleagan.

Bha e air a lìonadh le sannt na feòla, oir bha i mar Bheunas dhubh a bh' air tighinn à cuan na coille.

"Thuirt an ceannard rium a thighinn," ars ise, a' sealltainn ris.

Rug e air làimh oirre 's chaidh an dithis aca a-steach don bhothan. Laigh iad air an leabaidh, agus bha i mar iasg dubh a' tionndadh 's a' tionndadh ann an cop, ann an eas, ann am frasan de bhùrn is de ghrèin.

Miraga, Miraga, Miraga.

Tha gach nì nàdarrach, bha guth ag èigheachd ris. Tha na h-eòin a' seinn, tha na cuirp air beothachadh, tha na cnàmhan

38

air feòil a chur orra, tha ceòl anns a' choille. O, gu dubh, gu dubh tha an saoghal. Tha an dubh cho bòidheach, cho dìomhair, faileasan fionnar anns an t-saoghal shoilleir seo.

Bha e a' frasadh a' bhùirn bho a ghuailnean, thionndaidh e anns an uisge, anns an abhainn. Geal mar an latha a bha e na laighe anns an oidhch' aost fhallain.

Nuair a dh'èirich i bhon leabaidh, chuir i measan a-mach airson an dithis aca, agus dh'ith iad iad. Bha an sùgh a' sruthadh sìos aodann.

"A bheil sinn gu bhith beò air measan a-chaoidh?" dh'fhaighnich e.

"Feumaidh tu feòil a chosnadh," ars ise ann an guth nàdarrach làitheil, guth mnatha a tha air a fear a bhuannachd.

"Feòil a chosnadh?" ars esan.

"Seadh."

"Innis dhomh," ars esan, "mu dheidhinn an tiodhlacaidh ud."

"An tiodhlacadh?"

"Seadh. Carson a tha sibh a' cur nan corp suas do na craobhan?"

"Tha e na fhasan aig ar daoine. Tha an seòrsa tiodhlacaidh ud air a bhith ann bho riamh."

Bha i sàmhach, 's bha fhios aige nach robh an còrr ann a b' urrainn dhi innse dha.

"Dè tha sinn a' dol a dhèanamh gach latha?" dh'fhaighnich e, a' smaoineachadh air tìm a' fàs mun cuairt air gach latha.

"Dè tha ri dhèanamh," ars ise, "ach am bùrn a thoirt bhon tobar agus am biadh a bhuannachadh?"

"Dè an seòrsa feòla air an robh thu a-mach?"

"Feòil nam fiadh," ars ise.

"Càit?" dh'fhaighnich e.

"Anns a' Ghlasach Fhada," ars ise.

"Innis dhomh mu dheidhinn bhur trèibh," ars esan.

"Mu dheidhinn ar trèibh? Tha sinn a' creidsinn anns na h-eòin, anns na fèidh. Tha sinn a' creidsinn gu bheil ar mairbh a' bruidhinn rinn à goban nan eun. Tha iad a' seinn rinn. Chan eil fhios a'm air a' chòrr. Agus cuideachd tha ar treubh air a bhith ann bho riamh."

"Dè thachair don mhiseanaraidh a bh' ann romhamsa?" dh'fhaighnich e.

Sheall i ris le uabhas. "Bhàsaich e," fhreagair i. "Chaidh e a dh'fhuireach anns a' choille is bhàsaich e."

"An e 'n fhìrinn a th' agad?"

"'S e," ars ise. "A-màireach thèid thu don Ghlasach Fhada. Chan eil i fad' air falbh."

Bha an aon theas a' bualadh sìos air an talamh, an aon sholas rèidh.

"Cha robh mòran uisge ann am-bliadhna," ars ise. "'S math dh'fhaodte nach bi a' ghlasach cho fada 's a chleachd i bhith."

"An e droch rud a bhios an sin?" dh'fhaighnich e.

"'S e," ars ise.

"Ach dè 's urrainn dhòmhsa a dhèanamh?" dh'fhaighnich e.

"Chan aithne dhomh sealg."

"Faodaidh tu ùrnaigh a chur suas," fhreagair i ann an guth neoichiontach. Tha i mar shleagh nan làmhan, sleagh anns a' chogadh a tha a' dol air adhart an-còmhnaidh, an cogadh airson biadh is beòshlaint.

"An ann airson sin a thàinig thu, airson mo chuideachadh a cheannachd?" ars esan rithe.

l an seo mi," ars ise gu sìmplidh.

ι seòrsa duine a bh' ann dheth? Glic is aost,

l an trèibh ri chèile latha an dèidh latha,

anns an dorchadas.

gu ciùin, 's fhuair e e fhèin a-rithist a'

ιh, iasg am measg nam faileasan, stoirm le

mun cuairt air, uisge gun chrìoch.

ɔmh d' fhàgail a-nis," ars esan rithe, a'

i ris le sùilean ciùin.

rs ise, "mura faigh thu feòil, feumaidh mi

ιgh."

ιn le uamhann.

ɜ e nàdarrach."

ᵗ a ràdh, dìlseachd, truas – a bheil iad uile

ιailteis, a bheil iad uile mì-nàdarrach?

ɦ," ars ise, "gun do dh'fhàg bean Bhanga e.

hd feòla. Bha a' chlann acrach. 'S e sin bu

bualadh. 'S e sin bu choireach gun deach

ι e smaoineachadh gun ionnsaicheadh e

nhor anns an eaglais."

gàire a dhèanamh. Chaidh Banga air tòir

ι bhuannachd.

ιdh gu robh draoidheachd làidir anns a'

ɜ ise.

An aeian aon mniseanaraidh eile bàsachadh bha seusan math
fliuch againn." Bha i na suidhe air a bheulaibh mar ìomhaigh de
dh'eabonaidh, air a gearradh à tìm, làidir is dubh.

M' fhaileas, mo fhlùran, mo dhorchadas anns a bheil gach nì
buadhmhor a' gluasad. Dh'fhairich e e fhèin mar chruimh geal
anns an dorchadas thorrach.

Bha fhios aige nach b' e an gaol a bha seo; 's e a bha seo ach sannt na feòla.

Air a cùlaibh, air cùl tìm, chunnaic e eaglais ag èirigh le turraidean àrda tana, àrd-eaglais, cathair-eaglais. Ach ciamar a gheibheadh e feòil dhi? Esan nach do chleachd sleagh a-riamh na bheatha? Chuir e a làmh mun cuairt oirre. "Dè dhèanainn às d' aonais?" bha e ag ràdh, is aodann domhainn na falt. "Bhithinn buileach nam aonar anns an àite sa." Do chìochan, do chalpan, do bholtrach cùbhraidh. D' fheòil, d' fheòil!

Na fèidh a' ruith mar ghathan grèine anns a' Ghlasach Fhada, 's esan le sleagh na fìrinn às an dèidh.

Dh'fhairich e faileas a' tuiteam tarsainn air doras a' bhothain, 's chunnaic e an ceannard a' tighinn a-steach. Bha raidhfil aige na làimh.

"Thug mi thugad an gunna seo," ars esan. "Chan aithne do dhuine às an treubh a chleachdadh. Nì e feum dhut anns a' Ghlasach Fhada."

Rug am miseanaraidh air a' ghunna le toileachas. O, nach e an ceannard seo a bha coibhneil. Ach dè bu choireach gu robh a shùilean cho cian, cho (cha mhòr) magach? Sheall iad ri chèile, an gunna eatarra, mar gum biodh an ceannard a' toirt gibhte mhealltach dha.

Ach anns a' mhionaid fhras a' ghrian air a' mhaide aost 's bha gach nì ceart gu leòr a-rithist.

Nuair a dh'fhalbh an ceannard, thug Dòmhnall pòg do Mhiraga, 's bha a làmh air a' ghunna, sàmhach is ciùin. Ann am beagan ùine chuir ise a làmh air a' ghunna cuideachd gun eagal sam bith oirre, mar gum biodh i air a corp 's a h-anam a chur na làmhan.

8

———⟫●⟪———

D h'fhàg iad am baile tràth anns a' mhadainn, e fhèin 's an
ceannard 's deichnear eile, esan leis a' ghunna, iadsan
uile le sleaghan. Gu sàmhach choisich iad tron choille, am
miseanaraidh a' leantainn nan daoine a bha air thoiseach air. Bha
dealt fhathast air an talamh, 's an-dràsta 's a-rithist chitheadh e
eun a' nochdadh tron cheathaich, a sgiathan fliuch is glas mar
gum b' e taibhse de dh'eun a bh' ann. Bha an saoghal fhèin mar
thaibhse de shaoghal, mar smaoin air an inntinn, 's na craobhan
sàmhach, air an còmhdachadh le dealt ghlas. Cha robh ainmhidh
ri fhaicinn air feadh na coille, 's bha na duilleagan fhèin nan
tàmh. Gu sèimh, mar thaibhsichean dubha, bha na sealgairean a'
snàmh air thoiseach air 's e fhèin a' smaoineachadh fad na tìde,
'S e seo brìgh na beatha 's chan e a bhith searmonachadh ann an
eaglais. Ged nach urrainn do mhac an duine a bhith beò air aran
a-mhàin, feumaidh e aran cuideachd. Tha an t-anam a' fàs às a'
chorp mar fhlùran a bhios ag èirigh san dorchadas.

43

Bha na daoine a bh' air thoiseach air mar gum biodh a' cromadh ris an talamh mar gum biodh iad a' leantainn fàileadh nan ainmhidh a bha a' feitheamh orra. Cha robh facal ga ràdh. Tha sinn ceangailte air sreang neo-fhaicsinneach, thuirt e ris fhèin, 's thug e sùil air a' ghunna a bha na làimh. Am broinn a' ghunna bha am bàs a' feitheamh, sàmhach is deiseil. A dh'aithghearr bhuaileadh e tron t-sàmhachd, bheireadh e brag mar chù a' comhartaich, is thuiteadh fiadh. Is thàinig e steach air nach robh e air càil sam bith a mharbhadh a-riamh roimhe na bheatha. Ach Banga 's a bhean 's a theaghlach. Ach bha an gunna na bu shìmplidhe na sin, gun thruas, gun fhaireachdainn. An gunna a thàinig às an Roinn-Eòrpa, às an t-saoghal gheal ud aig an robh grèim daingeann air na nithean a bha ri teachd. Thàinig an gunna a-mach às an t-solas, 's cha b' ann às an dorchadas; cha robh salchar nam freumhaichean dubha air, ach bha e glan is ciùin.

Anns a' mhionaid thàinig iad gu deireadh na coille, is bha a' ghlasach àrd fhada mun coinneamh, coltach ri cuan mòr gorm – agus dh'aithnich e gu robh iad faisg air na h-ainmhidhean. Agus dìreach nuair a thàinig an smaoin sin thuige, chunnaic e sùilean soilleir buidhe air dath an òir, is corp ciùin buidhe faisg air mar shoitheach anns an fhairge a thèid seachad gu sàmhach air soitheach eile, is thuig e gur e leòmhann a bh' ann. Theab e an gunna a lasadh, ach thionndaidh am beathach air falbh le a chrùn rìoghail, agus chuir e sìos an gunna. Chuir e iongnadh air nach do dh'fhairich e eagal sam bith. Shaoil e nach fhac' an fheadhainn eile an leòmhann idir, oir lean iad orra gun tionndadh, crom ris an talamh, am feur a' dìreadh an cuid chorp mar abhainn no mar staidhre ghorm, gus mu dheireadh nach robh e gam faicinn ceart.

Ach bha fhios aige gu robh am feur beò le ainmhidhean, gu robh e a' gluasad mar bhratach sìoda mun cuairt air, oir an-dràsta 's a-rithist bha e a' coimhead lasair de shùilean, spògan, cinn, is esan mar gum biodh a' falbh tro choirc na h-òige. Dè tha mi dèanamh an seo, bha e a' faighneachd dheth fhèin, ach bha fhios aige air an fhreagairt. Bha e anns an fhaiche chritheanach ud seach gu robh Miraga ag iarraidh feòla, seach gu robh a chorp crochte ri a corp-se. Feòil, feòil, feòil, fuil, dorchadas, a' ghlasach àrd ghorm.

Bha iad mar gum biodh a' snàmh tron ghlasaich 's i fhathast fliuch leis an dealt. Thog e an gunna os cionn a chinn gus nach deigheadh a fhliuchadh, agus smaoinich e le gàire nam biodh duine a' sealltainn air feadh na faiche ud nach fhaiceadh e càil ach an gunna os cionn an fheòir, a' dol air adhart leis fhèin, mar nach biodh làmh ga ghiùlain.

Bha an ceannard a' smèideadh riutha agus chunnaic am miseanaraidh nach mòr nach robh iad air tighinn a-mach às a' ghlasaich 's gu robh abhainn fharsaing mun coinneamh, abhainn fhada uaine mar nathair. Os cionn fuaim na h-aibhne chual' e fuaim eile, mar gum b' e fuaim easa a bh' ann. Bha iad a-nis aig bruach na h-aibhne ach fhathast ann am fasgadh na glasaich, agus nuair a thug e sùil air an abhainn chunnaic e sealladh nach fhac' e riamh roimhe. Bha bruach na h-aibhne loma-làn de dh'fhèidh, de sheabrathan cuideachd, le stiallan air an dromannan – stiallan bòidheach, stiallan bàsmhor – 's iad ag òl a' bhùirn 's a' ghrian a bha nis air èirigh a' lasadh bhon craiceannan.

Cho bochd, cho truagh, cho bòidheach 's a bha iad a' coimhead, gun chobhair ann an gathan na grèine anns an

àite iomagaineach seo – dìreach mar gum biodh iad air leum
a-steach do dh'eachdraidh airson mionaid, iomlan, coileanta,
nan dreasaichean àraid fhèin. Feòil, feòil, feòil a' lasadh air
a bheulaibh ann an lainnir thuilteach. An-dràsta 's a-rithist
choimheadadh e fèidh a' togail an cinn 's a' toirt sùil air thoiseach
orra mar gum biodh iad caillte ann an saoghal leotha fhèin, agus
a-rithist a' cromadh an cinn 's ag òl às an abhainn.

Feòil, feòil, feòil, bha spiorad na bhroilleach ag èigheachd,
agus chuir e an gunna ri shùil. Aig ceann thall a' ghunna
chunnaic e druim, ceann, slios. Chunnaic e sleagh ag èirigh
a-mach às an fheur gu sàmhach, 's anns a' mhionaid leig e
urchair às a' ghunna. Nuair a thuit am brag ud às an adhar,
thòisich na fèidh a' sgapadh 's a' ruith, a' dèanamh tàirneanaich
mun cuairt air. Chunnaic e sleagh eile a' tuiteam às an adhar,
's a stad, air chrith airson mionaid, ann an druim aon de na
fèidh. Bha an gunna a' leigeil urchair an dèidh urchair, 's bha
fuil air an talamh 's anns a' bhùrn anns an robh feadhainn de na
h-ainmhidhean air tuiteam. Bha a chompanaich a-nis air leum
a-mach às a' ghlasaich, ach bha na fèidh a' ruith. Bha fuaim is
onghail mun cuairt air, tàirneanaich nan casan air an talamh,
cinn ag èirigh a-mach às a' ghlasaich, aodannan làn eagail. Ann
an ùine ghoirid bha gach nì sàmhach a-rithist.

Choisich iad uile a-mach às a' ghlasaich is sheall iad sìos ris
na h-ainmhidhean. Cha robh ach còig dhiubh air bruach na
h-aibhne. Sheas e fhèin a' sealltainn sìos riutha, an gunna na
làimh, 's e air dìochuimhneachadh mu dheidhinn. Chunnaic
e broillichean dubha a' tarraing osna, a' bòcadh 's a' seacadh,
chunnaic e sùilean fann a' seanntainn ris à sìorraidheachd fad'
às, chunnaic e bàrr-gùgan fala a' fosgladh air na cuirp, agus

chunnaic e an deichnear eile a' sealltainn ris. Agus dh'aithnich e anns a' mhionaid nach robh còir aige an gunna a lasadh cho luath, 's gu robh dùil aca ri mòran a bharrachd de dh'fhèidh na fhuair iad.

Airson ùine mhòir sheall iad ris anns an t-sàmhachd, agus bha fhios aige gu robh e air mearachd mhòr a dhèanamh. Bha an sùilean dìreach air aodann mar shleaghan, ged nach robh iad ag ràdh smid. Sheall e sìos ri a làmhan, anns an robh an gunna na laighe, agus thàinig e a-steach air gum faodadh e an-dràsta fhèin am marbhadh 's nach biodh fianais air na nithean a thachair an seo, air a chuid amaideis. Ach bha fhios aige nach b' urrainn dha sin a dhèanamh. Bha amhaich tiugh leis an tàmailt. An urrainn dhomh càil idir a dhèanamh ceart, bha e a' faighneachd dheth fhèin. Agus aig an aon àm dh'èirich a' cheist às an fheur mun cuairt air, à cuirp nam fiadh: dè ma dh'fhàgas i mi seach nach tug mi dhachaigh am biadh ris an robh i a' feitheamh? Bha e a' sealltainn mun cuairt air gun sgur a' sireadh saoraidh, ach bha bruach na h-aibhne lom is sàmhach. Gu slaodach chrom e is thog e fiadh air a dhruim mar a chunnaic e an fheadhainn eile a' dèanamh, is thionndaidh e air falbh còmhla riutha air an rathad dhachaigh.

9

Bha e na sheasamh air beulaibh a' bhothain 's bha an ceannard ri thaobh. "Tha mi duilich," bha e ag ràdh ris, "tha mi duilich, duilich. Dè nis a nì mi? Am fàg Miraga mi?" Agus chaidh a chorp air chrith mar gum b' ann le fiabhras.

"Chan eil fhios a'm," ars an ceannard.

Chaidh Dòmhnall air a ghlùinean air a bheulaibh. "Chan eil mi airson a call. Nì mi càil sam bith," ars esan.

"Tha na daoine feargach," ars an ceannard. "Cha robh gnothach agam an gunna a thoirt dhut." Agus thàinig e steach air Dòmhnall: chan eil fhios nach ann a dh'aon ghnothach a thug e an gunna dhomh. Bha fhios aige dè bha dol a thachairt. Ach ann an guth làidir dh'èigh e, "Dè 's urrainn dhomh a dhèanamh? Nì mi càil sam bith."

Bha e air a ghlùinean ann an lìon de dh'fhaileasan 's an ceannard a' sealltainn sìos ris.

"Feumaidh sinn cogadh a dhèanamh airson ar bìdh," ars an

ceannard. "Feumaidh sinn sabaid ri treubh eile 's am biadh a thoirt bhuapa."

Dh'fhairich Dòmhnall e fhèin a' dol a-steach a dhorchadas às nach fhaigheadh e air èirigh. "Cogadh?" ars esan.

"Seadh," ars an ceannard. "Cha thill na fèidh gus an ath-bhliadhn', 's cha dèan sinn a' chùis às aonais feòla."

Tha m' anam a bha geal a' fàs dubh, arsa Dòmhnall ris fhèin. Cuin a thig an ùpraid seo gu a ceann?

"Ceart," ars esan, "faodaidh mi an gunna a chleachdadh anns a' chogadh."

"Glè mhath a-rèist," ars an ceannard. "Glè mhath." 'S dh'fhalbh e.

Chaidh Dòmhnall a-steach don bhothan, far an robh Miraga na suidhe. Ach nuair a thàinig e steach cha do sheall i ris, 's cha do bhruidhinn i ris.

Thug e pòg dhi, ach bha a bilean fuar. "Ma dh'fhàgas tu mi, tha mi caillt," arsa Dòmhnall rithe, ach cha do fhreagair i e. Bha i mar ìomhaigh de mhàrmor dubh.

Thill e a-mach don t-sràid a-rithist is shuidh e air beulaibh a' bhothain, ach ann an ceann ùine thill e steach.

"Innis dhomh," ars esan, "dè thachair don mhiseanaraidh eile. Innis dhomh." Rug e oirre 's thòisich e ga chrathadh. "Innis dhomh."

"Bhàsaich e," ars ise.

"Dè thug bàs dha?"

"Mharbh e e fhèin."

"Chan eil sin ceart," arsa Dòmhnall. "Tha fhios a'm nach eil sin ceart. Innis dhomh dè thachair." Bha e cho fiadhaich 's gu robh e deiseil airson a bualadh. "Innis dhomh, innis dhomh," bha e 'g èigheachd.

"Nuair nach robh an t-uisge a' tighinn," ars ise, "thairg e a chorp mar ìobairt. Chaidh a cheusadh air crois. Anns a' choille. Bha e 'g ràdh nach robh e dèanamh feum san àite sa, agus thairg e a chorp dhuinn. Nuair a bhàsaich e, thàinig an tuil, 's bha a' Ghlasach gorm is fliuch a-rithist."

Shad e air falbh bhuaithe i, agus thòisich e ri smaoineachadh. Bha i ceart gu leòr: 's e sin a thachair, oir chunnaic e anns an leabhar-latha e – 's e sin an rùn a bh' air inntinn a' mhiseanaraidh. Bha e cinnteach gur e.

"Is thàinig an t-uisge," ars esan.

"Thàinig," ars ise.

"Carson a chuir an ceannard thugamsa thu?" dh'fhaighnich e.

"Thug e òrdugh dhomh," ars ise.

Sheall e gu domhainn na sùilean.

"A bheil gaol agad orm?" ars esan.

"Gaol?"

Cha robh i a' tuigsinn dè bha e 'g ràdh. Bha e air an fheòil a chall, agus bha an fheòil cho ceangailte ris a' ghaol 's nach robh fhios aice dè theireadh i.

"Chan eil diofar ann," ars esan, is chaidh e mach is shuidh e anns a' ghrèin a bha a' dòrtadh mun cuairt air cho làidir 's cho borb. Bha fhios aige gur e nàmhaid dha a bh' anns a' cheannard is anns an dotair-buidseachd, 's aig a' cheart àm bha fhios aige nach b' urrainn dha Miraga fhàgail.

Bha e domhainn anns an fheòil, 's bha an t-anam a' sgiathalaich am measg nan craobh.

Chaidh e steach don bhothan a-rithist. "Chan fhàg thu mi, am fàg?" thuirt e a-rithist. "Ma thèid mi don chogadh. Bidh thu dìleas 's fuirichidh tu an seo?"

"Tha gach nì nàdarrach," arse ise ris, agus bha a h-anam dùinte na aghaidh.

"Anns an t-Seann Tiomnadh," ars esan ris fhèin, "tha e ag innse mar a bhiodh na rìghrean a' cur ìobairt suas do Dhia mus deigheadh iad a-mach don chogadh. An dùil am bu chòir dhòmhsa sin a dhèanamh?"

"Chuir sinn m' athair a-mach às an taigh," arsa Miraga anns a' ghuth-thàmh.

"Dè rinn sibh?" arsa Dòmhnall le uabhas is le eagal.

"Chuir sinn a-mach às an taigh e. Chuir mo pheathraichean a-mach e."

"Càit a bheil e nis?" arsa Dòmhnall.

"Tha e anns a' choille. Chuir sinn a-mach e nuair a thàinig sibhse dhachaigh às a' Ghlasach Fhada. Dh'aithnich sinn nach biodh biadh gu leòr againn."

Mo choire-sa, mo choire-sa, arsa Dòmhnall ris fhèin.

Chuir i a gàirdeanan mun cuairt air 's thòisich i ga phògadh. "Nach robh sin ceart?"

Dh'fhairich e a broilleach air a bhroilleach fhèin, dh'fhairich e a cridhe a' bualadh.

"Cha robh e ceart," dh'èigh e. Ach bha i a' feuchainn ri a shlaodadh sìos air an leabaidh.

"Cha robh e ceart."

Ach bha e a-rithist anns an dorchadas a bha air a lìonadh le fuil is gaoir is toileachas. Bha e a' tionndadh anns an abhainn.

"Thuirt an dotair-buidseachd rinn gu robh e ceart," ars ise 's a bilean air a chluais.

Chaidh e sìos don dorchadas, 's nuair a dh'èirich e às bha e na aonar. Nigh e aodann le bùrn às a' pheile 's theab e dhol air tòir

Miraga, ach cha robh fhios aige càit an robh i.

Chunnaic e na inntinn am bodach anns a' choille is beagan bìdh ri thaobh. Bu chòir dhomh a dhol ga shàbhaladh, ars esan ris fhèin, ach cha robh e a' faireachdainn làidir gu leòr airson sin a dhèanamh.

Bha e a' coimhead mar gum biodh a ghunna fhèin a' toirt brag às, 's am bodach a' tuiteam air an talamh mar eun beag aost anns a' choille. Semile

10

⸺⪼●⪻⸺

Fad na tìde bha na drumaichean a' bualadh 's an dotair-
buidseachd a' danns is cabar fèidh air a cheann. Na
drumaichean, na drumaichean, na dannsairean a' cur char,
an-dràsta 's a-rithist a' toirt èigh àrd mar gum biodh sleagh air
a dhol tromhpa, èigh thana chruaidh chritheanach àrd. Mun
cuairt air na teinichean bha iad a' danns, ann am faileas is solas
nan teinichean.

Bha a chasan gus gluasad – cha mhòr gum b' urrainn
dha an cumail aig fois: 's e seo an t-àite anns am faodadh e
fhaireachdainnean a leigeil leis a' ghaoith, saorsa ùr ionnsachadh.
Chunnaic e fear mòr làidir a' danns na aonar, a shùilean
sgeunach, a bheul fosgailte, a' sàthadh an adhair leis an t-sleagh
a bh' aige na làimh cheart.

"Sin Morga," ars an ceannard na chluais, "fear cho treun 's a
tha san treubh. An turas mu dheireadh a bha sinn air chogadh,
mharbh e deichnear." Thug Dòmhnall sùil gheur air. Bha aodann

Mhorga a' sruthadh le fallas, 's e a' sàthadh na sleagha don adhar a-rithist 's a-rithist, a shùilean air an t-anam a chall, an uinneag sin trom faicear, chan e sannt an ainmhidh, ach spiorad an duine. Cha robh cuimhn' aige cuin a dhanns e fhèin mu dheireadh. An ann aig ceann an rathaid nuair a bha e na bhalach aig àm foghair 's a' ghealach dhearg anns an adhar mar chearc a bhios a' laighe air uighean? Am foghar; danns; drochaid; clann-nighean. Sheall e suas don iarmailt 's chunnaic e a' ghealach a' gabhail seachad anns an adhar cho fad' air falbh, cho ciùin, truinnsear geal. Bha i a' bruidhinn ris air a dhachaigh, fuar is cruaidh is geal. Mo shaoghal fhìn, an saoghal a chuir mi air chùl, an saoghal geal ud. Tha mi nam shrainnsear anns an àite seo. Theab e a làmh a chur a-mach ris a' cheannard mus tuiteadh e air an talamh. An danns, an danns, 's an dotair-buidseachd a' toirt sùil air bho àm gu àm, le a chorp stiallach, le adhaircean fada biorach. Is Morga a' danns le fiabhras cogaidh.

"Tha iad a' guidhe ri Dia," ars an ceannard ris gu socair. "Tha iad ag iarraidh air mòran iseanan a chur thuca, oir tha anaman nan nàimhdean a' sgiathalaich air falbh don adhar nuair a dh'fhàgas iad an cuirp."

Frasan iseanan anns an adhar aig àm foghair, a' togail orra do dhùthaich chèin, a' fàgail nam faichean lom air an cùlaibh. An coirc air a bhuain. 'S a' ghealach anns an adhar 's na dannsairean a' danns. Chaidh Dòmhnall air chrith, oir bha na drumaichean na fhuil, bha iad mar bhainne borb ann an crannag.

An leig mi leam fhìn danns, an tèid mi sìos don dorchadas far a bheil Morga 's an dotair-buidseachd? Agus aig an àm sin fhèin dh'fhairich e sgreuch thana chruaidh a' dòrtadh a-mach às a bheul. Bha e mar isean a' sgiathalaich, a' lorg solais anns an dorchadas, a' lorg na grèine. Bha a chasan a' bualadh air an talamh, bha gach olc, gach fearg, gach farmad a' dòrtadh a-mach às a chorp mar a dhòirteas bùrn salach à pìob. Gach gamhlas is nàimhdeas a' dòrtadh a-mach às, a' fàgail a chuirp aotrom soilleir mar shlige a tha seinn le ceòl. Bha e am measg na gràisg anns an dorchadas, bha e còmhla riutha, bha e a' dèanamh comannachadh borb còmhla riutha, cha bhiodh e na aonar a-chaoidh tuilleadh, bha e a' fàgail aonaranachd na Roinn-Eòrpa air a chùlaibh (na sanasan-reice ud a bha a' seòladh air feadh nan sràidean anns a' ghaoith), bha e a' fàgail na h-aonaranachd ghil ud air a chùlaibh. Bha e uair mar shleagh a' falbh tron t-saoghal, aon sleagh leatha fhèin, a' sathadh tro thìm, toiseach luinge. Ach a-nis bha e còmhla ris a' ghràisg, am measg na fala, am measg nan drumaichean, am measg nan corp fallasach. Dh'fhairich e inntinn ga fhàgail mar ghath gealaich, chunnaic e i a' ruith air fàth a-steach do na duilleagan, 's bha e fhèin anns an dorchadas a bha cho blàth, cho tèarainte, cho slàn. Carson nach do dh'fhairich mi an tèarainteachd seo roimhe? Carson a bha mi cho fada nam aonar, a' cothachadh ri tìm? Ach a-nise tha tìm fhèin air m' fhàgail (oir 's e tinneas a bh' ann), tha mi mu dheireadh thall ann an Afraga. Tha mi ann am meadhan a ciùil.

Chunnaic e e fhèin mar gum b' ann mìltean air falbh ri taobh an dotair-buidseachd, 's bha an dotair-buidseachd a' gàireachdainn, 's na stiallan dearg is geal a' sruthadh sìos aodann, croinn iarainn ann am prìosan. Bha e fhèin ag èigheachd dìreach mar a bha e a' cluinntinn na feadhainn eile a' dèanamh, 's bha an onghail a bha e dèanamh coltach ris an onghail a bhiodh e cluinntinn air an oidhche anns an eaglais nuair a bhiodh na h-ainmhidhean a' bùireil. Bha e ann am fàinne de thoileachas, de shaorsa, agus a' ghealach a' seòladh seachad na bu luaithe 's na bu luaithe, a' ghealach a bha toirt Miraga na chuimhne.

Bha sleagh na làimh 's bha e ga sàthadh anns an adhar fhalamh. Tha mi tighinn, an laoch dubh, a chuireas às do ghealtachd. Tha mo chorp dubh, tha mi beò air an dorchadas. Bha bùrn na saorsa a' ruith tro a chorp, bha e mar eas a bhios an-còmhnaidh a' torman ann am meadhan coille, bha an ceòl a' ruith a-mach tro a ghob. Bha e cho aotrom 's nach mòr nach robh e a' sgiathalaich.

Agus anns a' mhionaid stad na drumaichean, stad an ceòl, agus bha an dotair-buidseachd a' dèanamh comharradh ris a' ghràisg. Thàinig an saoghal a bha a' cur char dheth gu stad, chaill a' chuibhle dhubh a gluasad, agus bha an dotair-buidseachd a' sealltainn ris. Thàinig facal a-mach à beul an dotair-bhuidseachd. Dè bha e ag ràdh? 'S cinnteach nach . . .

"Dèan ùrnaigh," ars an dotair-buidseachd ris. "Dèan ùrnaigh ri do Dhia fhèin. Siuthad, dèan ùrnaigh gum bi ar cogadh sealbhach." Agus bha aodann an dotair-bhuidseachd na aon chraos de bhuaidh, de ghlòir, de ghàirdeachas.

Sheas Dòmhnall far an robh e ann am meadhan na coille, air a chuartachadh le teinichean. Bha na drumaichean nan tàmh, cha robh nì ri chluinntinn, bha an t-sàmhachd ga cheusadh.

Miraga, Miraga, Miraga. Dè nach dèan mi air do shon? Airson do chuirp, airson na saorsa a thug thu dhomh, airson do shliasaidean, do bheòil, do bhilean.

"Siuthad – dèan ùrnaigh," ars an dotair-buidseachd, agus dh'fhairich Dòmhnall aghaidh ainmhidh ga chur air aodann. Bha fàileadh nan ainmhidh mun cuairt air, fàileadh làidir fallasach.

Air a ghlùinean air an talamh, thòisich e ri ùrnaigh. "Gun cuidicheadh Dia ar n-ionnsaigh chunnartach ... Gun tugadh E buaidh dhuinn air ar nàimhdean." Bha na facail a' tighinn a-mach às a bheul gu cugallach mar a rinn iad uair, bha clachan mòra geala anns a' bhùrn.

Ach chuir e suas an ùrnaigh, 's nuair a dh'èirich e gu a chasan bha e a' faireachdainn cho lom ri isean air madainn geamhraidh. Bha mar gum biodh stiallan dearga tarsainn air anam.

11

Lean an treubh an rathad tron choille, is shaoil Dòmhnall
gu robh iad air an rathad seo a chleachdadh airson iomadh
bliadhna. Bha an ceannard air thoiseach, 's a-rithist Morga, 's
a-rithist Dòmhnall fhèin. Bha iad uile a' gluasad ann an leth-
ruith nach robh gan sàrachadh ann an dòigh sam bith.

An-dràsta 's a-rithist dh'èireadh isean às na craobhan os
an cionn, a' sgreuchail gu goirid agus a' dèanamh a shlighe gu
geug eile anns a' choille. Bha Dòmhnall a' feuchainn gun a bhith
smaoineachadh idir. Am b' urrainn dha duine a mharbhadh? Dè
mu dheidhinn na cloinne, nam boireannach? Ach nach e fhèin
bu choireach nach robh biadh gu leòr aca, 's dè eile a b' urrainn
dha a dhèanamh ach a dhol còmhla riutha?

Turas no dhà thug an ceannard sùil air ais agus sheall e ri
Dòmhnall mar gum biodh e airson faicinn an robh e còmhla
riutha fhathast. An sin shealladh e air thoiseach air a-rithist.

Cha robh càil a dh'fhios aig Dòmhnall dè an seòrsa trèibh

ris an robh iad a' dol a shabaid, agus thàinig e steach air nach leigeadh e leas a dhol ro fhaisg orra seach gu robh an gunna aige, gum biodh iad astar mòr air falbh bhuaithe nuair a leigeadh e urchair às, agus bha an smaoin seo a' toirt fois do inntinn. Ghreimich e gu teann air a' ghunna. Nach fheumadh e biadh a thoirt air ais, no dh'fhàgadh Miraga e. Stad an ceannard is rinn e comharradh, oir bha iad a-nis a' fàgail na coille agus a' tighinn a-mach ann an àite lom far an robh creagan, cnocan, eas. Bha an treubh a-nis na bu shàmhaiche na bha iad roimhe, nan gabhadh sin a bhith. Chuala Dòmhnall fuaim an eas na chluasan, agus shaoil e gu robh e air ais ann an Alba, oir bha gnè na talmhainn coltach ris a' Ghàidhealtachd: corrach, briste, gun ainmhidh ri fhaicinn.

Bha amharas aige gu robh iad a' dlùthachadh air an àite-siridh, is dh'fhairich e pian domhainn na stamaig. Agus anns a' mhionaid sin fhèin chunnaic e an t-eas, àrd is tuilteach, pìos air thoiseach air, agus bha e coltach ris an fhear a chunnaic e na bhruadar. Tha rudeigin a' dol a thachairt dhomh an seo, ars esan ris fhèin, tha mi cinnteach. Tha m' anam gu bhith air a dhearbhadh anns an àite sa.

Bha an dealbh cho soilleir air a bheulaibh 's gun deach e air chrith leis an eagal. Sheall e mun cuairt air, ach cha robh e a' coimhead càil ach aodannan dubha air nach robh fiamh sam bith, mar gum biodh iad ann an neul, agus thàinig e thuige gur e bruadar anns an robh e beò, gu robh a chorp anns an àite ach nach robh inntinn, nach robh e idir ann an Afraga ach aig an taigh, nach robh ceannard a' ruith air thoiseach air idir, 's nach robh càil fìor mun cuairt air ach fuaim an eas, agus anns a' mhionaid sin fhèin thachair an nì a bha dol ga dhearbhadh.

Leig Morga èigh às, 's chunnaic iad uile balach dubh a' ruith mar gum b' ann a-mach às an eas, mar gum biodh e air a bhith ag òl às. Chunnaic am balach iad aig an aon àm 's thòisich e ri ruith. Bha Morga 's an ceannard a' smèideadh ris fhèin, ris a' ghunna, agus dh'aithnich e mar gum b' e nì nàdarrach ro-òrdaichte a bh' ann gur esan an aon fhear a chuireadh stad air a' bhalach naidheachd a thoirt gu a threubh.

Ann am bruadar sheall e sìos ris a' ghunna. Ann am bruadar thog e an gunna gu shùil. Bha am balach a' ruith 's bha e ga choimhead cho brèagha ri càil. Bha e a' coimhead a chasan nan deann-ruith, a cheann a' tionndadh air ais an-dràsta 's a-rithist 's a' toirt sùil orra, 's bha e smaoineachadh gu robh an t-sùil ud air fhèin gu h-àraid. Cha robh càil aige ri dhèanamh ach an t-iarann-leigidh a tharraing, agus thuiteadh am balach chun na talmhainn. Bha an t-eas a' dòrtadh air a bheulaibh, geal is copach, bha am balach air thoiseach air, bha a chorp soilleir mu choinneamh a shùilean, bha aodann Miraga a' priobadh a-mach às an eas 's a' seacadh a-rithist, bha an treubh uile air stad 's a' seallltainn ris, bha ceòl an uisge mun cuairt air, agus le ràn mar ràn ainmhidh shad e an gunna chun na talmhainn.

"Chan urrainn dhomh, chan urrainn dhomh," bha e ag èigheachd.

Ruith an ceannard air ais 's thog e an gunna 's leig e urchair às, ach lean am balach air.

"Siuthad, siuthad, a bhalaich," bha e fhèin ag èigheachd, agus thàinig urchair eile às a' ghunna. Ach bha am balach fhathast na ruith, a' dol bho thaobh gu taobh mar gum biodh fhios aige dè an seòrsa bàis a bha air a thòir. Agus dh'fhairich Dòmhnall gu robh am balach co-cheangailte ris fhèin ann an dòigh àraid.

'S e fhèin a bha air ruaig am measg nan cnoc, 's e fhèin a bha a' feuchainn ri a bheatha a shaoradh, 's e fhèin a bha a' cur a-mach 's a' toirt a-steach anail. Agus anns a' mhionaid bha am balach air tàrradh às, agus chunnaic am miseanaraidh sleagh Mhorga a' teàrnadh air às an adhar. Thuirt an ceannard facal ris, agus le fearg air aodann thionndaidh Morga air falbh. Thionndaidh an ceannard air falbh cuideachd, agus shaoil Dòmhnall gur ann le pian-anama a rinn e sin, mar gum b' e Dòmhnall fear den choitheanal nach do shàbhail e. Thionndaidh an treubh air falbh gu lèir. Bha e air fhàgail na aonar agus iadsan a' leantainn orra air an rathad a roghnaich iad. Bha iad coltach ris an fheadhainn a thionndaidh air falbh bhuaithe fhèin nuair a thàinig an cùram air an toiseach.

Fhuair e e fhèin na laighe air an talamh a' sealltainn suas ris an adhar. Bha e falamh, briste. Chuir e làmh gu a phluicean le iongnadh 's dh'fhairich e an fheusag a bha air a bhith fàs airson ùine mhòir. Thog e an gunna a bha an ceannard air a shadail air an talamh 's thill e dhachaigh, a' leantainn a chasan. Bha fhios aige gu robh nì oillteil air tachairt dha, gu robh e gun fhàrdach idir, gun dhùthaich, gu robh e a' falbh tro fhàsach a bha e fhèin air a chruthachadh.

Bha e a' coiseachd gu slaodach a' smaoineachadh air fhèin, 's cha b' ann idir air a' bhatal a bha a' dol a thachairt. Thàinig e mu dheireadh chun an rèidhlein anns am fac' e na cuirp gan tiodhlacadh anns na craobhan – cha do chuir seo iongnadh sam bith air – agus chunnaic e corp beag meanbh mar chorp leanabain na laighe air an talamh. Cha robh càil air fhàgail ach na cnàmhan, ach dh'aithnich e gur e corp athair Miraga a bh' ann. Bha na gàirdeanan – no cnàmhan nan gàirdeanan – air an sìneadh a-mach bhon bhodhaig, a bha na cnàmhan cuideachd. Sheall e sìos rithe gun smaoin, gun fhaireachdainn, agus an dèidh sin lean e air.

Bha e a' dol do a bhothan fhèin, oir cha robh càil tuilleadh air fhàgail dha. Bha e a' dol air ais gu Miraga, 's an gunna na làimh, balbh, baoth, gun bhrìgh.

12

"Dè tha thu a' dèanamh air ais?" arsa Miraga ris nuair a chunnaic i e a' tilleadh. "Dè tha ceàrr?"

Cha do fhreagair e i gu dìreach, ach thuirt e, "Ma dh'fhàgas mi an t-àite seo, an tig thu còmhla rium?"

"A' fàgail an àite seo?" ars ise. Bha e soilleir nach tàinig an smaoin a-riamh a-steach oirre.

"Seadh," ars esan, "carson nach fhàgadh sinn an t-àite?" 'S bha fearg na ghuth.

"Chan urrainn dhomh," ars ise. "Dè 's coireach gu bheil thu air ais?"

"Thàinig mi dhachaigh nam aonar."

"Carson?"

"Dè 'n diofar a th' ann? Thàinig mi dhachaigh."

Bha i a' dol a-mach an doras nuair a stad e i. "Càit a bheil thu dol?"

"Tha mi falbh," ars ise.

"Cha charaich thu à seo!", 's shad e chun na leapa i. Bha e 'g
èigheachd, a ghuth àrd is critheanach. Theab e dìreach a làmh a
chur mu a sgòrnan – bha e airson a tachdadh.

Sheall i suas is eagal na sùilean. "Dè tha thu a' dol a
dhèanamh?"

"A bheil thu tighinn no nach eil? Tha mi a' fàgail an àite seo."

"Chan eil. Chan urrainn dhomh. Cha bhi duine a' fàgail a'
bhaile seo. Cha do thachair e riamh."

Cha mhòr nach robh an fhearg 's an tàmailt ga thachdadh, is
thòisich e ag èigheachd rithe, a' mionnan. Cha mhòr nach robh
e às a chiall.

Agus fad na tìde bha e a' smaoineachadh cho bòidheach 's a
bha i, na laighe air an leabaidh, a broilleach ag at 's a' seacadh.

"Dè nì thu?" thuirt e mu dheireadh.

"Gheibh mi duine eile," ars ise.

Thog e an gunna gu a shùil 's chunnaic e i aig a' cheann thall.
Bha i air chrith le eagal ach bha fhios aige nach fhàgadh i.

Shad e an gunna air an làr is ruith e mach às a' bhothan, gun
chàil a dh'fhios aige càit an robh e dol.

Sheall e air ais aon turas is chunnaic e gu robh taobh a-muigh
a' bhothain falamh. Cha robh i air tighinn a-mach idir.

Chaidh e chun na h-eaglais is sheas e aig an doras. Theab e a
dhol a-steach, ach cha do rinn e sin. Smaoinich e air a' chùbainn,
air na seataichean, air a' chrois a bha air a' bhalla, air an àite
bheag ghlan ud anns an do chaith e a' chuid bu mhotha de
bheatha. Mhothaich e gu robh na duilleagan a' dìreadh mun
cuairt air na ballachan geala. An dèidh sin dh'fhàg e an eaglais
agus ruith e a-steach don choille, far an do dh'fhairich e sàbhailt.
Cha robh àite-siridh air thoiseach air, cha robh acras no pathadh

air. Choisich is ruith e, 's mu dheireadh fhuair e e fhèin air beulaibh an eas. Stad e, a' sealltainn ris mar gum biodh e a' cur ceist air anns an latha bhalbh theth. Bha e mar easgann a' tionndadh 's a' tionndadh anns an latha, geal, tuilteach, copach. Shuidh e air a bheulaibh mar gum biodh e a' suidhe air beulaibh neach-teagaisg a bha a' dol a dh'innse brìgh an t-saoghail dha. Fhad 's a bha e ga choimhead, smaoinich e air lathaichean òige. Smaoinich e air athair, le fheusag fhada gheal. Smaoinich e air a dhachaigh, air an t-slighe air an tàinig e.

Bha an t-eas a' dòrtadh 's cha robh e a' toirt fuasgladh sam bith dha, nathair gheal anns an latha. Bha fhuaim mar cheòl gun bhrìgh mun cuairt air. Dè rinn mi air mo bheatha, bha e a' faighneachd dheth fhèin. Ach cha robh an t-eas ga fhreagairt. An t-anam, an t-anam, ars esan ris fhèin, an t-anam geal: càit an deach e? Tha an tìr seo air cur às dhomh. Tha i air m' inntinn a chur bun-os-cionn.

'S bha an t-eas a' dòrtadh gun sgur 's e a' sealltainn domhainn ann. Bha e airson suidhe an siud a-chaoidh. Smaoinich e air a' cheannard 's dh'aithnich e gur e a nàmhaid a bh' ann bhon toiseach. Cha robh càil air inntinn ach an treubh a chumail ri chèile.

Chual' e a ghuth na inntinn. "Tha gach nì nàdarrach," bha e ag ràdh. Fearg, gamhlas, am bàs – tha iad uile nàdarrach. An gaol cuideachd, tha e nàdarrach, 's ruith gath pèin tro a chorp, cho domhainn ri sleagh. Nàdarrach, nàdarrach, nàdarrach, bha na h-eòin ri seinn, bha an t-eas ag ràdh. Bha an t-eas ud air a bhith ann bho thoiseach an t-saoghail, bha e air a bhith ann mus tàinig e fhèin a dh'Afraga. Bha e ann an dòigh àraid a' feitheamh ris.

Fhad 's a bha e ann an Alba bha an t-eas a' feitheamh ris, bha e a' cur na ceist àraid ud air. Fhad 's a bha e mach air an t-Sàbaid – ach càit an robh Sàbaid a-nis, bha gach latha coltach ri chèile, bha iad snìomhte ann an aon latha – bha an t-eas a' feitheamh 's a' gàireachdainn. Bha an cop ud gun bhrìgh a' tionndadh.

Agus fhad 's a bha e fhèin na shuidhe an siud, bha am batal 's am murt a' dol air adhart. Bha an leòmhann a' marbhadh nam fiadh. Agus aig a' mhionaid sin fhèin thàinig fiadh geal mar gum b' ann dìreach à inntinn sìos bho chnoc 's chuir e a cheann a-steach don eas is dh'òl e deoch bhùirn. An-dràsta 's a-rithist thogadh e a cheann, 's bha an dithis a' sealltainn ri chèile.

Cha robh eagal sam bith air an fhiadh. Nach tu a tha bòidheach, arsa Dòmhnall ris fhèin, nach tu a tha fìor bhòidheach, cho geal, cho ciùin. Chan eil fhios nach suidh mi an seo a-chaoidh coltach ri naomh, seòrsa de Chalum Cille ann an Afraga. Chan eil fhios nach tig e thugam 's nach imlich e an làmh anns an robh an gunna na laighe. Ach 's ann a thionndaidh am fiadh air falbh agus ann an diog cha robh e ri fhaicinn idir.

Sheall Dòmhnall air falbh agus chunnaic e cuideigin a' dèanamh a shlighe thuige. Leum a chridhe le gàirdeachas, oir shaoil e gur e Miraga a bh' ann. Thog e a làmhan 's thòisich e ri èigheachd, "Tha mi an seo, an seo." Bha mac-talla a' dèanamh dà fhuaim mun cuairt air. "An seo, an seo," bha e ag ràdh. Bha an cruth a' tighinn na b' fhaisge 's na b' fhaisge, is dh'aithnich e le tuiteam-inntinn nach e Miraga a bh' ann idir. Ann an ùine ghoirid bha Tobbuta na sheasamh ri thaobh.

"Chunna mi thu," arsa Tobbuta ris.

A bheil sinn a' dol a shabaid a-nis? arsa Dòmhnall ris fhèin le sgìths. Ach 's ann a thòisich Tobbuta a' dòrtadh fhacal às a bheul.

"Chan fhaigh mi fois," bha e ag ràdh. "Chan fhaigh mi cadal. Tha mi a' dol às mo chiall. Thàinig mi a bhruidhinn riut." Is chaidh e air a ghlùinean air a bheulaibh. "Bho mhurt Banga mo ghaol," ars esan, "chan fhaigh mi norradh cadail." Bha a shùilean a' sruthadh le deòirean. "Tha mi 'g iarraidh cuideachadh air do Dhia. Tha mi 'g iarraidh a bhith nam Chrìosdaidh. Theab mi mi fhìn a mharbhadh, ach cha b' urrainn dhomh. Bha mi airson a dhol nam Chrìosdaidh roimhe, ach bha mo nàdar gam chumail air ais." Agus sheall e dealbh fiodha a bha e air a dhèanamh. Agus thàinig e steach air Dòmhnall gur e seo an dealbh a bha e a' gearradh às a' mhaide nuair a choinnich e an toiseach e. "Cha leigeadh e dhomh sin a dhèanamh air sgàth mar a thachair do Bhanga. Ach tha fhios a'm a-nis gun do rinn mi ceàrr. Tha do Dhia gam smachdachadh."

Sheall Dòmhnall sìos ris, agus chual' e air a chùlaibh ceòl an eas, agus rinn e lachan mòr gàire. Bha an lachan a' falbh air feadh an àite le ath-ghairm an dèidh ath-ghairm. Lùb e gu a ghlùinean 's e fhathast a' gàireachdainn. Agus dh'aithnich e anns a' mhionaid sin nach b' e idir an ceannard a bha air buannachadh, nach b' e idir an ceannard a shnìomh an ròpa mun cuairt air. Dh'aithnich e gur e Dia a rinn sin. Thàinig gach bàs is murt a dh'aon ghnothach airson gum biodh Tobbuta air a ghlùinean mu choinneamh.

"Cò thu," ars esan, "a bha airidh air na murtan ud?" Ach bha a ghnùis air a ghnùis fhèin, gun shoilleireachd sam bith oirre.

Air a ghlùinean, thòisich e ri ùrnaigh. "Tha mi na Do làmhan," ars esan, "na Do làmhan," 's cha robh e lapach idir. Bha na facail a' tighinn a-mach ann an tàirneanaich an eas gu rèidh 's gu ciùin. "Tha mi na Do làmhan."

'S bha fuaim an eas a' fàs na bu mhotha 's na bu làidire mun cuairt air. Dh'èirich e bho a ghlùinean 's bha cudrom ùr luachmhor air a ghuailnean. Chuir e a làmh a-mach ri Tobbuta. "Thugainn," ars esan.

Thionndaidh e ris a' bhaile às an tàinig e, is sheall e ris airson ùine mhòir. "Thugainn," ars esan a-rithist. "Tha gach nì nàdarrach. Tha gach nì air a mhathadh."

AN OIDHCHE MUS DO SHEÒL SINN

Aonghas Pàdraig Caimbeul

*"His relish for detail, character, and language, and the skill
with which he builds the story, make this a novel worth
learning Gaelic for"*
Aonghas MacNeacail, The Herald

Tha an leabhar seo sònraichte ann an caochladh dhòighean –
ann am fad, ann an drùidhteachd, ann am beairteas cainnte,
anns na tha i a' gabhail a-staigh de dh'ùine is de chaochladh
ghnèithean beatha. O gheibh sinn a' chiad sealladh air
Eòin is e na ghille beag, tha sinn ga leantainn air slighe làn
cheistean is dhuilgheadasan. Ach 's e slighe le bòidhchead is
spòrs na cois cuideachd. Agus chan e Eòin a-mhàin a tha air
a thoirt fa ar comhair ach athair is a mhàthair, dha bheil rud
iongantach a' tachairt, a bhràthair, a phiuthar – aig a bheil
beatha luaisgeanach i fhèin – is mòran eile.

Tha an sgrìobhadair air a' chuid mhòr dhen nobhail a
shuidheachadh an eilean a bhreith, agus tha an leabhar
loma-làn de dh'eachdraidh, de chainnt, de dh'fhuaimean,
de sheallaidhean, de spiorad is de chridhe Uibhist a' Chinn
a Deas. Tha an leabhar fhèin a' cur thairis le beothalachd
muinntir na sgeulachd, is Aonghas Pàdraig Caimbeul gar
toirt a-staigh dhan t-saoghal aca le blàths is le ealantachd.
Cha dìochuimhnich sinn iad ann an cabhaig.

CLÀR
ISBN 1-900901-10-2
www.ur-sgeul.com

TOCASAID 'AIN TUIRC

Donnchadh MacGillIosa

"... *seo litreachas Gàidhlig mar bu chòir dha bhith.*"

Raghnall MacilleDhuibh, The Scotsman

Cruinneachadh sgeulachdan a th' againn an seo, ach tha na h-aon phearsachan a' sìor nochdadh, is tha an leabhar coltach ri nobhail aig an aon àm

'S e am fear a tha a' toirt ainm dhan leabhar as trice a chì sinn, agus chan ainneamh leis a bhith ann an suidhichidhean ùidheil is neo-àbhaisteach. Tha fear Dòmhnall Iain ann cuideachd, is leanaidh sinn a chùrsa-san tron leabhar, agus feadhainn annasach eile, gu h-àraid an Sgeilbheag ('s a bhrògan donna) 's an Sleapan.

Mean air mhean, tha eachdraidh nan daoine sin ga nochdadh, agus 's ann a' sìor mheudachadh a tha an t-eòlas a th' againn orra fhèin is air an t-saoghal aca. Tha an saoghal sin caochlaideach cuideachd: saoghal Nis a th'ann uaireannan, le cuan is mòinteach is buntàta is cailleachan is bàrdachd; uaireannan eile, 's e saoghal seunta, le prionnsaichean is draoidheachd is brògan a nì cainnt! Ach ge b' e air bith dè an suidheachadh, tha an sgrìobhadh brìoghmhor, siùbhlach, eirmseach. Bheir an leabhar seo an dà chuid gàire is smaoin oirnn.

CLÀR

ISBN 1-900901-11-0

www.ur-sgeul.com

ATH-AITHNE

Màrtainn Mac an t-Saoir

"Rosg air leth tarraingeach . . ."
Joni Bhochanan,
West Highland Free Press

Bhuannaig an leabhar seo an Saltire Society First Book of the Year Award 2003. Tha raon farsaing ga ghabhail a-staigh anns na h-ochd sgeulachdan deug – ann an tìm, ann an àiteachan agus ann an caitheamh-beatha.

On t-saighdear a' falbh dhan Chogadh Mhòr sa chiad sgeulachd gu saoghal nam fònaichean-laimhe anns an tè mu dheireadh, gheibhear sealladh air mòran dhòighean-beatha, sean is ùr. Co-dhiù a tha iad an Aldershot, Uibhist a Deas, Glaschu, Nicaragua no ceàrnan eile, tha pearsachan nan sgeulachdan gan sealltainn le eagnaidheachd is co-fhaireachdainn – agus le fealla-dhà cuideachd.

Seo sgrìobhadair as urrainn a bhith an dà chuid drùidhteach is eirmseach, tro chumhachd a mhic-meanmna is a chomas san dà chànain. Gille beag air cheann gnothaich duilich, Colina a' suirghe an Glaschu, Coinneach, Maighread is Brìd a' feuchainn ri ath-aithne fhaighinn air a chèile, is mòran eile – tha an eachdraidhean fhèin aca uile, is bheir iad fìor thlachd dhan leughadair.

CLÀR
ISBN 1-900901-09-9
www.ur-sgeul.com

LÀ A' DÈANAMH SGÈIL DO LÀ
Aonghas Pàdraig Caimbeul

"... *mar gun do thachair Gabriel Garcia Marquez ri Seòras Orwell agus gum faca iad latha, dh'fhaodadh, nach eil cho fad' às dhan Ghàidhlig, dhan Ghàidhealtachd 's dhan t-saoghal gu lèir.*"
Màiri Anna NicUalraig

"*Ulaidh ann an litreachas agus eachdraidh na Gàidhlig*"
Seonaidh Ailig Mac a' Phearsain

Nobhail chumhachdail eile bho Aonghas Pàdraig Caimbeul. Chì sinn teaghlach anns an Eilean Sgitheanach agus duine sònraichte aig a bheil buaidh mhòr air am beatha, ach 's ann san àm ri teachd a tha seo, agus tha lathaichean doirbhe, dorcha a' tighinn air a' chinne-daonna. A dh'aindeoin sin, mairidh miann air saorsa, agus faodaidh rudan mìorbhaileach tachairt.

Tha an sgeulachd a' sgaoileadh fad' is farsaing tro thìm agus air feadh an t-saoghail mhòir. Tha i a' toirt dòchas dhuinn uile.

CLÀR
ISBN 1-900901-12-9
www.ur-sgeul.com

DACHA MO GHAOIL
Tormod MacGill-Eain

"... *anabarrach sgileil* ..."
Vladimir Soloviev

Gu sealladh sealbh oirnn! Tha creutairean annasach a' tighinn a dh'Uibhist. Feadhainn dhiubh is itean orra, is feadhainn eile is gun cus orra (uaireannan) ach an craiceann!

Tha Donnchadh à Uibhist a Deas am beachd airgead mòr a dhèanamh orra. Le cuideachadh o Dhaibhidh òg MacÌosaig – a nì rud a bheir a mhothachadh bhuaithe. Dol-air-adhart a tha cianail. Dragh air an Uachdaran fhèin. Ach fuiricheadh sibhse: tha boireannach teòma sa Cheann a Tuath a dh'fheuchas ri gnothaichean a rèiteach. Gun teagamh, cha bhi e furasta, is gun fhios dè cho earbsach 's a bhios an ceatharnach a thig a-nuas ga cuideachadh . . .

An dèidh nobhail aoireil sgaiteach a thoirt dhuinn ann an Cùmhnantan, agus an uair sin tè dhorcha dhrùidhteach le Keino, seo Tormod MacGill-Eain le tèile a tha làn àbhachd is fealla-dhà. Sgeulachd aotrom, ait, is a' mhuinntir a th'innte a' ruith 's a' ruagail air feadh dà Uibhist (le sploidhdean a Ghlaschu 's dhan Ghearmailt), is cuid mhath dhen eachdraidh ga h-innse mar chòmhradh eirmseach is gearradh-cainnt.

CLÀR
ISBN 1-9009001-16-1
www.ur-sgeul.com

NA KLONDYKERS
Iain F. MacLeòid

"Cho math ri leabhar sam bith a leugh mi ann am Beurla . . ."
Agnes Rennie

1989. An 'Cogadh Fuar' aig àirde. Agus a-mach bho bhaile beag Gàidhealach tha cabhlach iongantach: ceudan de bhàtaichean-iasgaich Ruiseanach. Iad air tòir an rionnaich, is iarraidh air a-nis mar a bh'air an sgadan fhèin. Tha a bhuil air a' bhaile: tha an t-airgead pailt, caviar ri fhaighinn sna taighean-òsta, Pravda sna bùithtean.

Buinidh Dòmhnall is Iain a bhràthair dhan àite, is tha iad ag iarraidh an cuid fhèin às na tha seo. Tha iadsan ag iasgach leis an Dawn Rose còmhla rin caraid John D.

Tha an cuan caochlaideach co-dhiù, ach tha trioblaidean eile aca cuideachd: gnothaichean teaghlaich, còmhstrì eadar na coigrich is muinntir a' bhaile, agus na thachras an cois pailteas airgid. Aig a' cheart àm, tha cothroman ann: air fearas-chuideachd, air òl, ceòl, danns – is suirghe.

Tha an t-ùghdar gar toirt a-steach a theis-meadhan a' bhaile, a theis-meadhan an teaghlaich, len duilgheadas is len toileachas. Gheibh sinn eòlas air na Ruiseanaich cuideachd, agus à coinneachadh an dà choimhearsnachd tha sgeulachd a' tighinn a tha brìoghmhor is siùbhlach, is a ghleidheas sinn fada nar cuimhne.

CLÀR
ISBN 1-900901-19-6
www.ur-sgeul.com

GYMNIPPERS DICIADAIN

Màrtainn Mac an t-Saoir

"Mholainn-sa an leabhar seo gu mòr."

Anna Frater

Fear is tè, DJ agus Caroline, a' coinneachadh ri linn a bhith toirt an cuid chloinne gu Gymnippers an Dùn Èideann. Fhad 's a bhios a' chlann ag eacarsaich, fàsaidh iadsan eòlach air a chèile. Is fàsaidh sinne eòlach orrasan – is air iomadach neach eile a tha a' suathadh nam beatha.

Tha a' bheatha sin ga nochdadh dhuinn fad mu ochd mìosan air bliadhna shònraichte. Is fhad 's a tha sinn a' leanntainn caran is tionndaidhean an sgeòil, cuirear fa ar comhair na bha dha-rìribh a' dol san t-saoghal a-muigh, o thachartais eadar-nàiseanta gu feadhainn bheag nach fiosraicheadh mòran. Tha an colmadh gar toirt gu domhainn a-staigh a shaoghal làitheil pearsachan an leabhair.

'S e saoghal làn cainnt a tha sin. Bha e soilleir o Ath-Aithne gu robh alt iongantach aig an ùghdar seo air còmhradh. Agus abair gu bheil sin an seo, eadar sgaoilteach mhòr dhaoine, an Alba is thall thairis. An dithis a choinnich aig Gymnippers. Saoil dè tha romhpa?

CLÀR
ISBN 1-900901-18-8
www.ur-sgeul.com